Die Ewigkeit des Vergänglichen

AF211042

Manfred Hartmann wurde am 25.06.1961 in Oberhausen geboren. Er war fast zwanzig Jahre in der chemischen Industrie tätig und machte sich dann selbständig. Nun führt er ein Lederwarenfachgeschäft und als Heilpraktiker eine Praxis für Lebensberatung. Ausgebildet ist er in medizinischer Heilhypnose und NLP. Das Schreiben war schon immer seine große Leidenschaft. Dabei präsentiert er seine schriftstellerische Arbeit gerne in Projekten. Unter anderem wurden einige seiner Texte während einer Vernissage in der Ägyptischen Botschaft in Berlin vorgestellt. Er gestaltete mit von ihm geschaffenen Text-Bildern im Rahmen der Aktion „Kunstwerk Brakel" eine „Poetische Meile" (http://www.poetische-meile.de).

Manfred Hartmann

Die Ewigkeit des Vergänglichen
Gedichte – Märchen – Geschichten

Bibliographische Information Der Deutschen Bibliothek:
Die Deutsche Bibliothek verzeichnet diese Publikation in der
Deutschen Nationalbibliographie; detaillierte bibliographische
Daten sind im Internet über http://dnb.ddb.de abrufbar

© 2005 Manfred Hartmann
Neue Str.1 33034 Brakel Germany

Herstellung und Verlag: Books on Demand GmbH, Norderstedt
Umschlaggestaltung: Lars Walker, Brakel
Satz und Layout: Manfred und Beate Hartmann, Brakel

ISBN 3-8334-3568-2

Inhalt

Vorwort

Als ich in meiner Wahlheimatstadt Brakel eine „Poetische Meile" schaffen durfte, war mir noch nicht bewusst, dass ich wenige Monate später dieses Büchlein zusammenstellen würde. Doch die von mir für diese „Poetische Meile" geschaffenen großen Text-Bilder, die Plätze, Fassaden und Schaufenster schmückten, erregten unerwartet große Aufmerksamkeit. Der Wunsch nach einem Buch wurde immer wieder geäußert. Doch ein Buch nur zu dem Thema „Poetische Meile" erschien mir nicht sinnvoll. Ich beschloss darum, eine kleine Textsammlung zu veröffentlichen, die neben allen Texten der „Poetischen Meile" noch weitere Gedichte, Märchen und Geschichten einschließt. Ich hoffe, so kann ich ein deutlicheres und klareres Bild meiner schriftstellerischen Arbeit vermitteln. Den Titel der „Poetischen Meile" - „Die Ewigkeit des Vergänglichen" - habe ich übernommen, da Zeit, Vergänglichkeit und die Liebe zentrale Themen meiner Arbeit sind. Insbesondere die Liebe ist für mich zeitlos, was auch in einigen Texten zum Ausdruck kommt. Zudem finden sich immer wieder archetypische Symbole und Bilder, die auf ihre Art und Weise ebenso zeitlos und unvergänglich sind.

Dass dieses Buch, mit dem sie hoffentlich viel Freude haben, verwirklicht werden konnte, verdanke ich den Besuchern der „Poetischen Meile", die mich so bedrängt haben. Besonders danken möchte ich auch meiner Frau Beate für ihre Unterstützung und ihr Verständnis und meinen beiden Mitarbeiterinnen, die geduldig und ohne Murren meine Launen ertragen und mich von vielerlei Alltagsarbeit entlastet haben. Ich wünsche mir nun, dass dieses Büchlein Freude bereitet. Ein Ziel meiner Arbeit ist es, Glück in die Herzen der Menschen zu zaubern. Wenn mir dies auch bei nur einem gelingt, dann hat sich die Mühe gelohnt.

Brakel, Juni 2005
Manfred Hartmann

Gedichte

Wort

Nun steh ich hier

du schaust mich an

ich sage dir

was ich dir sonst nicht sagen kann

geboren bin ich

im Kopf eines andern

werde von hier

durch viele Köpfe wandern

auch du trägst mich

von hier fort

und doch bleib ich hier

das geschriebene Wort

Meine Feder

Es gibt Momente, da klopft es in meinem Kopf

in meinem Herzen wächst ein Sehnen

und ich weiß, dass mich jemand ruft

und ich weiß, dass ich etwas such

dann setze ich mich zu mir

um dem Ruf zu lauschen

Wirklichkeit und Traum beginnen sich zu tauschen

im Nichts verschwindet alles

was um mich ist

es gibt nur noch eine Dimension

die unendliche Tiefe in mir

von dort spricht die Stimme

von dort kommt das Rufen

dort wohnt mein Ich

und ich brauche es nicht mehr zu suchen

und meine Feder

springt dann aufs Papier

nur mit Mühe folgen

meine Gedanken ihr

sie tanzt wie eine Elfe

schwebt nur so daher

und wo sie gewesen

da bleibt eine Spur

noch ehe meine Augen sie richtig erkennen können

noch ehe mein Verstand es begreift

meine Feder sich wieder zur Ruhe neigt

was bleibt ist ein Text

den ich aufmerksam lese

woher kommt diese Botschaft

auf das Papier

und es stellt sich mir die Frage

ist dieser Text denn von mir?

Vergangenheit

Vergangenheit

längst geschehen

niemand ändert was daran

Zukunft

wir werden sehen

vielleicht kommen wir dort an

wirklich Leben

gibt es immer nur im Jetzt

im Augenblick

es gibt kein überstürztes Vor

kein ängstliches Zurück

wir leben immer nur im Jetzt

in diesem Augenblick

Es ist die Liebe

Es ist die Liebe

die mit zarter Feder

gefühlvoll Namen

in unsere Herzen schreibt

befreit vom Lauf der Zeit

ist sie die Kraft in uns die ewig jung bleibt

Sie umgibt dich mit Zauber

einem magischen Licht

darum altern für Liebende

die Lieben nicht

Wunsch

Ich wünsche mir ein wenig Zuneigung

einen Hauch sanfter Zärtlichkeit

die schüchterne Bekanntschaft

mit dem was man Liebe nennt

Geborgenheit

damit ich sagen kann

wenn er kommt der Tag

sie abgelaufen ist meine Zeit

mein Leben nicht groß

nicht fruchtbar war

da gab es einen Menschen

für den ich wichtig war

Ich wünsche mir, dass jemand

vielleicht eine winzige Spur von mir

ein blasses Bild

eine Erinnerung

in sich trägt

dem beim Gedanken an mich

das Herz etwas wehmütig schlägt

ich wünsche mir jemand

der dann sagt

ich denke noch immer an dich

und leise flüstert:

Du warst wichtig für mich!

Eine Schokolade

Eine tiefbraune Schokolade liegt da vor dir

und sie lächelt verführerisch

aus dem zart geknickten Silberpapier

wie eine dunkelhäutige Schönheitskönigin

die im Seidenbett liegt

und es wird die Sünde sein

die immer wieder siegt

du weißt schon jetzt

dass du ihr nicht widerstehst

und mal wieder ein Stück zu weit gehst

sanft gibt die „Süße" sich dir hin

und du genießt

wie sie mit dir

in Leidenschaft zerfließt

nun willst du alles

bist wie im Rausch

doch viel zu schnell

ist der Traum aus

vor dir liegt ein zerknülltes Stück Silberpapier

wie ein leeres kaltes Seidentuch

nur die Sehnsucht bleibt dir

denn von ihr hast du nie genug

Aquarium

Manchmal scheint das Leben

wie im Aquarium

schillernd bunt

man lässt sich treiben

treibt sich herum

immer gut zu fressen

immer satt

manche haben dicke Backen

andere Glotzaugen

sind platt

manche schwimmen immer oben

andere wühlen

im Schlamm und Sumpf herum

verschwinden im Untergrund

ständige Geschäftigkeit

wortlos

stumm

Wir leben

wie im Aquarium

Danke für einen Brief

Ein Brief von Dir

mehr als nur Tinte auf dem Papier

nicht nur Worte zu Sätzen gebaut

sondern Gefühle, lichte Fenster

durch die ich schau

in Dein Herz, auf Dein Ich

Spiegel Deiner Seele

der zu mir spricht

Wort für Wort

gräbt sich ein in mir

wühlt mich auf

mit jeder Linie, jedem Bogen, jedem Strich

streichelst und berührst Du mich

ich danke Dir für diese Zärtlichkeit

Über Deinen Brief habe ich mich sehr gefreut

Ein Brief von Dir

ist mehr als nur Tinte auf dem Papier

Die Spieluhr

Eine Zaubermelodie

dringt an dein Ohr

und du lauschst

und du spürst

es ist eine Spieluhr

die sich tief

in deinem

warmen Herzen dreht

und mit jedem Ton

weißt du

dass deine Zeit vergeht

steh auf

und fang

zu tanzen an

bevor

das Lied zu Ende geht

Manchem dauert es

viel zu lang

und für andere

ist es nur ein Augenblick

Schritte

Ich bin heute

nicht mehr dort

wo ich gestern noch stand

bin heute an einem

völlig anderen Ort

Ich weiß nicht

bin ich vorwärts seitwärts

oder rückwärts gegangen

Ich weiß nur

die gestrige Zeit

die ist fort

und hat alles verändert

der Strom der Zeit

es gibt kein Zurück

eine Sekunde so weit entfernt

wie die Ewigkeit

Ich bin nicht mehr dort

wo ich vor Sekunden noch stand

bin nun an einem völlig anderen Ort

bin hier auf dem Stuhl meine Schritte gegangen

ob ich geh oder steh

die Zeit trägt mich fort

Ein bisschen

Du gibst dir ein bisschen Mühe

denkst ein bisschen darüber nach

schenkst ein bisschen Liebe

gibst ein bisschen nach

ein bisschen denkst du ist besser als nichts

aber wenn du nur ein bisschen deinen Weg gehst

erreichst du nie dein Ziel

Der Teddy

Mich haben viele Jahre verschlissen

Nähte zerfranst

Löcher gerissen

manches gestopft

manches mit Flicken

hier und da

hat mein Fell Lücken

Doch ich bin immer noch ICH

bin immer noch Bär

wer mich einmal lieb hat

gibt mich nie mehr her

Nichts Neues

Zwei und zwei sind vier

das weiß man

der Rhein fließt durch Köln

das ist nichts Neues

das Matterhorn ist 4478 Meter hoch

wir glauben es

ohne nachzumessen

ich mag dich

du lächelst

ich liebe dich

du zweifelst

warum?

Ein Tag

Verschlafen

aufspringen hetzen

es regnet in Strömen

ich werde klatschnass

der Chef ist schlecht gelaunt

alles geht schief

das Frühstücksbrot vergessen

die Thermoskanne ausgelaufen

der Chef sagt streng:

„Das muss heute noch fertig werden"

Überstunden

müde auf dem Nachhauseweg

es regnet schon wieder

da lächelt mir jemand zu

ich bin glücklich

Eine Sprache

Da ist eine Sprache

die würde ich gerne beherrschen

wäre zu gerne einer

der sie fließend spricht

Vokabeln und Grammatik

braucht man dazu nicht

es ist eine Sprache die jeder versteht

die man fühlt die berührt

die in einem was bewegt

es gibt in ihr keinen Laut

keinen Klang keinen Ton

dennoch viel sagen

kann man mit ihr schon

mit ihr beschreibt man all das

ganz leicht

was sonst nicht zu beschreiben ist

wenn man mit Worten spricht

diese Sprache spricht man

mit geschlossenem Mund

sie ist stumm ganz still

sich schweigend verstehen

durch eine Geste ein Lächeln ein Blick

das ist es was ich will

überall mit jedem

das wäre ein Glück

Streit!

Ein Streit in dem man ganz gewiss nicht siegt

ist der Streit mit dem

den man liebt

jedes Wort

dass man böse und hart zu ihm spricht

schlägt einem doppelt so hart

ins eigene Gesicht

sticht tief ins Herz

zerreißt den Leib

verursacht einem selbst so viel Schmerz

und Bitterkeit

Am schlimmsten ist dieser Streit dann

wenn man

selbst wenn man will

sich nicht entschuldigen kann

da man ganz sicher im Recht ist

doch nutzen tut einem das nicht

Und man betet

dass der Andere einsieht

versteht

und den ersten so wichtigen Schritt geht

Ein Streit in dem man ganz gewiss nicht siegt

ist der Streit mit dem

den man liebt

Hunger ?

Durst

Hunger

und Kälte

vergessen

satt und träge

schläfst du ein

der Alltag macht

den Träumen Platz

du spürst sie wieder

verdrängte Gefühle

hörst deine hungrige Seele

schreien

schnell ein Bier

eine Zigarette

stopfst gierig

Pralinen in dich hinein

doch die Seele

will sie nicht fressen

dir ist übel

sie verdreht dir

den kugelig gewordenen Bauch

ihre Angst vertreibst du

mit dem Mittwochskrimi

dem Glanz und Glitter

der Stars

und dann fühlst du

dich hohl und leer

War da nicht noch etwas?

Da war doch noch was!

Generationswechsel !

Fressen und gefressen werden

das Töten legalisiert

als Spielregel

der Evolution

das Gesetz

des Stärkeren

die Urgewalt

ins Erbgut

eingebrannt

ist doch nicht

das Einzige

was die Natur erfand

schon längst gebar sie

das Kind Liebe

als nächste Stufe der Evolution

das Alte stirbt aus

wie seit Urzeiten schon

Liebe heißt

die neue Generation

Märchen – Geschichten

Der Traumprinz und die Waldprinzessin

Es lebte vor gar nicht allzu langer Zeit ein kleiner Prinz, der lebte in einem Reich gar nicht weit fort von hier. Es war aber kein gewöhnliches Reich, sondern ein Reich der Träume, das der Prinz sich ganz allein und mit viel Mühe aufgebaut hatte. In seinem Reich gab es nur Liebe und Frieden. Die Menschen waren alle glücklich.

Doch nach einiger Zeit war der kleine Prinz mit seinem Leben nicht mehr zufrieden, denn er hatte von einer wunderschönen Waldprinzessin geträumt. Seit diesem Tag an sehnte er sich nach ihr so sehr, dass er nicht mehr schlafen konnte. Es beschloss, die Waldprinzessin zu suchen. Er dachte, sie müsste in seinem Traumland leben, da er ihr Bild erträumt hatte, aber so sehr er auch suchte, er konnte sie nicht finden. Der Prinz sagte sich, er müsse etwas unternehmen. Er wollte die Waldprinzessin finden, denn er hatte sich in sie verliebt. Wenn er sie nicht fände, müsste er traurig und unglücklich leben und mit ihm sein ganzes Traumland.

Da fiel ihm ein, dass in seinem Reich eine Zauberin lebte. Er dachte: „Vielleicht weiß sie, wo ich die Waldprinzessin finde." Er wagte die mühsame Reise durch unwegsames Gelände, die mehrere Tage dauerte, bis er endlich an das Haus der Zauberin kam. Er hatte ein ungutes Gefühl, doch er wollte alles tun, um sein Glück und damit das seines Volkes zu retten.

Der Prinz ging zu der Zauberin und erzählte ihr von der Waldprinzessin. Die Zauberin meinte, dass die Prinzessin nicht im Traumland wohne, nur ihr Bild gebe es dort. Der kleine Prinz wurde traurig, denn er wusste, dass kein Mensch, selbst er nicht, das Traumland verlassen konnte. Aber da war die Zauberin anderer Meinung. Mit ihrer Zauberkraft, sagte sie, könne es der Prinz schon schaffen.

Die Zauberin hatte sich aber auch in den Prinzen verliebt und war auf die Waldprinzessin eifersüchtig. So verfiel sie auf eine List. „Ich helfe dir mit meiner Zauberkraft, das Traumland zu verlassen, aber du musst mir dafür dein Gesicht geben", sagte sie. Die Zauberin dachte nämlich, die Waldprinzessin würde sich wohl kaum in einen Prinzen ohne Gesicht verlieben. Der kleine Prinz war sehr erschrocken, denn es war schlimm, was die Zauberin von ihm verlangte. Auch ihm war klar, dass sich die Waldprinzessin in einem Traumprinzen ohne Gesicht kaum verlieben würde. Aber es war der einzige Weg zu ihr, und daher stimmte er zu.

Die Zauberin nahm ihm das Gesicht fort und im selben Augenblick war der Prinz aus seinem Traumland verschwunden und befand sich im Land der Wirklichkeit.

Der kleine Prinz musste aber sehr bald feststellen, dass es gar nicht so einfach war für einen Traumprinzen, im Land der Wirklichkeit zu leben. Hier war alle anders. Nie leuchtete ihm aus einem Menschenauge Liebe entgegen, keiner schenkte ihm ein Lächeln, und dem Traumprinzen wurde es kalt ums Herz. Von einem Augenblick auf den anderen verließ ihn der Mut. Er dachte, er könne in dieser Welt nichts ausrichten. „Wenn ich wenigstens mein Gesicht noch hätte", jammerte er immerzu, während er auf einem Stein am Wegrand saß. Da sprach ihn plötzlich eine tiefe, Furcht erregende Stimme an. Sie fragte: „Na, wohl neu hier, was? Ich wüsste nicht, wann ich dich schon mal gesehen haben könnte. Hey, schau mich doch mal an, wenn ich mit dir rede!" Der kleine Prinz sagte, dass er ihn nicht anschauen könnte, weil er kein Gesicht hat. Da lachte der Mann und meinte, das wäre wunderbar. Er sei nämlich ein Maskenmann. „Die Leute in der Wirklichkeit", erklärte er, „haben nämlich fast alle kein Gesicht, sondern Masken. Und meine Aufgabe ist es, diesen Menschen Masken zu geben. Es gibt aber kaum noch was für mich zu tun. Es gibt kaum noch Menschen ohne Masken." Der Prinz freute sich. „Dann kannst du mir also mein Gesicht wiedergeben?" rief er zu dem Maskenmann. „Dein Gesicht kann ich dir nicht zurückgeben, aber eine Maske kannst du schon haben. Ich bin ja froh, dass ich mal wieder was zu tun habe", erklärte er. Er machte sich sogleich an die Arbeit, und weil er so froh war, dass er etwas tun konnte, gab er sich sehr viel Mühe.

So wurde dann aus dem kleinen Prinzen ohne Gesicht ein kleiner hübscher Bursche aus dem Land der Wirklichkeit. Aber es war eben nur eine Maske. Ein Gesicht hatte er immer noch nicht.

Die Maske gab dem Prinzen aber wieder Mut. Er machte sich sofort auf, um endlich die wunderschöne Waldprinzessin zu suchen. Sie war sehr bekannt, denn jeder hatte schon einmal von ihrer Schönheit gehört, aber wo sie genau zu finden war, konnte ihm keiner sagen. Glücklicherweise hatte der Prinz der Zauberin aber nur sein Gesicht gegeben und sein Herz behalten. Der Traumprinz hatte nämlich ein sehr weiches und feinfühliges Herz. Dies steckte so voller Sehnsucht, dass er deutlich mit jedem Schritt merkte, wenn er der Waldprinzessin näher kam.

Als der Prinz sich eines Abends gerade nach einem Nachtlager umschauen wollte, merkte er, wie sein Herz anfing, zu rasen und aufgeregt in seiner Brust klopfte. Der Prinz wusste gleich, dass er in dieser Nacht ohnehin keine Ruhe finden würde und dass er der Waldprinzessin schon sehr nahe war. Er beschloss also, auch in der Nacht weiter zu suchen. Es dauerte gar nicht lange, da hörte er eine herrliche zarte Stimme, die sehr traurige Lieder sang. Der Prinz wusste, dass das nur die Prinzessin sein konnte. Und als er der Stimme nachging, sah er sie endlich, seine Waldprinzessin, nach der sein Herz sich so sehr sehnte. Sie tanzte in einem langen Kleid auf einer Lichtung und sang immerzu von der Liebe zum Traumprinzen. Dieser ging auf sie zu, aber die Prinzessin erkannte ihn nicht, da er ja kein Gesicht hatte und nur eine Maske trug. Er fragte sie: „Was tust du hier mitten in der Nacht, und was singst du für Liebeslieder, die so traurig und sehnsüchtig klingen?" Die Prinzessin war sehr einsam und war froh, dass sie jemandem von der Sehnsucht nach dem Traumprinzen erzählen konnte. So vertraute sie dem fremden Jungen, der ein so warmes Herz hatte, das so viel Liebe ausstrahlte, und fühlte sich in seiner Gegenwart wohl und geborgen. Sie erzählte, dass sie früher auch mal ein Gesicht gehabt habe. Dieses hatte sie in einen Rahmen gefasst, den sie kunstvoll aus all ihrer Liebe und ihrem Zauber, den sie ausstrahlte, geschaffen hatte. Es gelang ihr, all ihre Gefühle und all ihre Sehnsucht darin einzuarbeiten, und am Ende ging eine wunderbare Magie davon aus, die jeden bezaubern würde. Doch sie wollte, dass nur der Traumprinz es zu sehen bekam. Sie verbarg es in einer Schachtel und schickte diese dem Traumprinzen in der Hoffnung, so seine Aufmerksamkeit für sie zu wecken. Sie selbst trug seitdem nur noch eine Maske.

Als der Traumprinz ihr sagte, wer er wirklich war und dass auch er sein Gesicht abgegeben hatte, damit er sie holen konnte, freute sie sich sehr. Sie war so in ihre sehnsuchtsvollen Gedanken verstrickt, dass sie die Wirklichkeit nicht mehr gespürt hatte, doch nun erkannte sie ihn. Die Beiden waren glücklich und tanzten vor Freude die ganze Nacht. Am nächsten Morgen brachen sie gleich auf, um gemeinsam ins Traumland zu reisen.

Der Prinz war nun voller Glück und Mut. Er war fest entschlossen, sich sein Gesicht von der Zauberin zurück zu holen. Die beiden gaben dem Maskenmann seine Masken zurück. Der Prinz rief zornig und laut: „Zauberin, hole mich zurück. Ich will mein Gesicht wiederhaben." Die Zauberin hörte dies wohl. Ihr war klar, dass das Traumland ohne den Traumprinzen nicht bestehen konnte, da es ja aus seinen Träumen entstand. Also holte sie die Beiden in das Traumland. Sie bat den Traumprinzen um Entschuldigung. Sie erzählte ihm, warum sie ihm das Gesicht fortgenommen hatte. Ihren Fehler hatte sie aber eingesehen. Sie dachte nämlich nicht daran, dass man nicht das Gesicht eines Menschen liebt, sondern sein Innerstes, sein Herz. Aber ihr war klar, dass sie gegen die große, wahre Liebe zwischen dem Traumprinzen und der Waldprinzessin nichts machen konnte. Sie gab also dem Prinzen sein Gesicht zurück und die Waldprinzessin holte sich ihr wahres Gesicht wieder aus dem Bilderrahmen und setzte es sich auf.

Der Prinz verstand die Gefühle der Zauberin. Er war ihr nicht böse. Es hatte ja nun alles wieder seine Ordnung, und seit dem sind wieder alle glücklich im Traumland. Die Zauberin zog aus diesem Geschehen die Lehre, dass für die Liebe Masken und Gesichter unwichtig sind, sondern nur das Gefühl im Herzen zählt.

Die Worte

Es waren einmal viele, schöne, prächtig Worte, die es liebten mit vielen anderen schönen und prächtigen Worten Reden zu halten. Wo man auch hinkam, überall waren sie, auf dem Friedhof, in den Kirchen, in Konferenzräumen und Schulen, in den Stadthallen und Werkskantinen. Überall konnte man sie antreffen. Man hörte sie Tag und Nacht in Funk und Fernsehen. Sie standen in jeder Zeitung. Ja, selbst in der Kneipe um die Ecke und am Abendbrottisch in den Familien zu Hause waren sie zu finden. Überall traf man sie, diese großen Worte, die sich zu mächtigen Reden vereinigten, sodass jedermann staunte und schwärmte: welche mächtigen Worte. Die Worte waren sehr stolz darauf, dass man sie so wichtig nahm. Sie bekamen so auch mehr und mehr Macht. Es dauerte nicht lange, da waren die herrlichen großen Worte überall an der Macht. Nun merkten die Leute erst, dass die Worte eingebildet und hochnäsig waren. Wenn man Hilfe brauchte oder Sorgen hatte, bekam man nur große Worte zu hören. Sie waren so mächtig, dass die einfachen Bürger sich gar nicht mehr zu reden wagten, denn gegen diese mächtigen Worte kamen sie nicht an, und diese waren überall und hielten Reden, Reden und immer und überall große, wunderbare Reden.

Doch irgendwann war es dem Volk zu viel, und es rief: Wir wollen Taten sehen! Aber die Klagen nutzten nichts, man hatte für das Volk nur vertröstende und besänftigende Worte bereit. Es waren so viele, dass sie damit jeden Zweifel begruben.

Eines Tages aber, als mal wieder die bedeutendsten Worte des Landes zusammen gekommen waren um eine der bedeutendsten Reden der Geschichte zu halten, sahen sie ein kleines, altes, buckliges Männlein, das am ganzen Körper zitterte und sich kaum noch auf den Beinen halten konnte. Auf dem Rücken trug es eine schwere Not und viele, viele Sorgen, die den Buckel tief herunter drückten, und es hatte den Anschein, als würde das Männlein jeden Augenblick unter der schweren Last zusammenbrechen. Sofort stimmten die ersten Worte ein, beklagten das Elend des Männleins, und dass es solche Not nicht geben dürfte, hielten herzergreifende Appelle und verkündeten immer lauter die Notwendigkeit zur Beseitigung solcher Not, die eine Schande für das ganze Land sei. Während sie so redeten und redeten, merkten sie gar nicht, dass das Männlein immer kraftloser wurde. Als es dann endlich erschöpft und müde zusammen sank, da kam plötzlich, schnell wie der Blitz aus dem Irgendwo eine junge frische Tat angesprungen. Sie packte die Not und die Sorgen und nahm sie von dem Buckel des Alten und trug sie fort. Da weinte dieser vor Glück und lautstark rief er der Tat seinen Dank hinterher, die schon wieder von dannen geeilt war. Die großen Worte aber schämten sich und bekamen rote Köpfe, denn die, die ihnen zugehört hatten, hatten selbstverständlich genau mitbekommen, was geschehen war. Nun war es fast eine Minute Furcht erregend still, doch da besann sich ein Wort auf seine Kraft und Macht und fing an, die Tat überschwänglich zu loben. Sofort stimmten immer mehr große, mächtige und herrliche Worte mit ein. Sie priesen die Tat als das gute Vorbild und es schien, als wollten sie gar nicht damit aufhören, die Tat zu loben. Die Menschen staunten und jubelten den Worten zu.

Die Tat aber hörte ihr Jubeln aus der Ferne und sie schüttelte nur verständnislos den Kopf.

Es war einmal ein Bach….

Es war einmal ein kleiner, aber tiefer Bach. Der hieß „Zuneigung". Er schlängelte sich sorglos über Wiesen dahin. Irgendwann traf er auf einen anderen Bach, der hieß „Wunsch nach Geborgenheit". Die Beiden taten sich zusammen und wurden zum Fluss „Liebe". Voller Übermut und Lust wühlten sie sich ein Bett und machten es sich darin gemütlich. Doch als sie sich so einige Zeit miteinander vergnügt hatten, wurde die Liebe müde. Ruhig, fast still, ließ sie sich dahin treiben. Sie merkte nicht, dass sie dabei immer mehr und mehr im sandigen Boden versank, in dem sie so weich und gemütlich lag. Als sie dann irgendwann aus ihren Träumereien erwachte, bemerkte sie voller Schrecken, dass sie sich tief unter der Erde befand. Plötzlich mündete sie in einem großen, schwarzen, unterirdischen See. Der hieß „Einsamkeit". Er war ganz kalt und still, fast wie tot und regte sich kaum. Hier konnte sie es nicht aushalten, und sie versuchte zu entfliehen, schwamm umher und wurde immer verzweifelter. Dann irgendwann strömte sie durch einen engen, schmalen Kanal. Der hieß „Bitterkeit". Es war so eng und bedrückend in ihm, dass die Liebe glaubte, hier nun sterben zu müssen. Da sah sie einen kleinen Spalt. Durch den fiel ein wenig Licht. Dieser Spalt hieß „Hoffnung". Die Liebe strömte auf ihn zu und tropfte völlig erschöpft ins Freie. An der Stelle, wo sie auf die Erde tropfte, entstand ein Bach. Den nannte man „Zuneigung". Er schlängelte sich über die Wiesen und traf irgendwann einen anderen Bach. Der hieß „Wunsch nach Geborgenheit". Die Beiden taten sich zusammen und wurden zum Fluss „Liebe". Sie gruben sich ein großes und gemütliches Bett.

Das harte und das weiche Herz

Es war einmal ein weiches Herz. Dies lebte sein Leben nur sehr mühsam. Beschwerlich fand es seinen Weg und viel zu steinig. Während das weiche Herz sich so durchs Leben quälte, sagte es zu sich: „Ich bin viel zu weich. Jeder kleine Kiesel des Weges drückt durch meine zarte Haut und macht mir das Leben schwer. Alle Anderen sind hart. Sie drücken mich zur Seite. Ich muss immer wieder nachgeben und mich beugen."

Das Herz hatte kaum noch Kraft und war so weich, dass es nicht mehr gerade und aufrecht stehen konnte. Da kam ein großes, stolzes und kräftiges Herz vorbei. Es war hart wie Glas. Es hatte keine Mühe voranzukommen. Alle gingen aus dem Weg, wenn sie das harte Herz auch nur herannahen sahen. Das harte Herz schaute nur verächtlich auf das weiche Herz, das gekrümmt vor Angst, es könnte zerdrückt werden, am Boden hockte. Das harte Herz verschonte das weiche Herz aber und verschwand schnell in der Ferne. Voller Neid schaute das weiche Herz hinterher und kroch mühsam weiter. „Ach, wenn ich doch auch mal so leicht voran käme", dachte es bei sich. Aber davon konnte es nur träumen, und es blieb ihm nichts anderes übrig, als sich mühsam weiter vorwärts zu schleppen. Doch eines Tages sah das weiche Herz das große harte Herz auf dem Weg vor sicher liegen. Es war in 1000 Teile zersprungen. Am Wegrand saß eine weiße Taube. „Du, Vogel", sprach das weiche Herz, „sag, was ist mit diesem großen, kräftigen und harten Herzen geschehen?" „Ach", gab dieser zur Antwort, „das ist immer das Gleiche. Sie rasen voran, schieben alles aus dem Weg. Sie sind so hart, dass sie glauben, alle anderen müssen ihnen nachgeben. Aber, liebes weiches Herz", erzählte der Vogel weiter, „harte Herzen sind auch spröde. Sie zerbrechen manchmal an der kleinsten Erschütterung oder an einem winzigen Widerstand, wenn er sie an der falschen Stelle trifft. So ist es auch diesmal wieder geschehen. Geh nur deinen Weg weiter und fürchte dich nicht vor den großen, harten Herzen. Ich glaube eher, es sind die weichen Herzen, die nachgeben und sich anpassen können, die letztendlich siegen."

Das weiche Herz richtete sich merklich ein Stück auf. Man konnte deutlich sehen, wie aus seinem Inneren Hoffnung nach außen strahlte. Es ging seinen Weg weiter und war stolz darauf, ein weiches Herz zu sein.

Das Gebirge der Unendlichkeit

Es war einmal ein Junge. Wie er aussah, wer er war und woher er kam, ist für uns nicht wichtig. Wichtig ist für uns nur, dass dieser Junge ein gewöhnlicher Junge war, wie es sie zu hunderttausenden auf der Welt gibt. Und genau wie viele andere Jungen hatte er mal eine Fünf in der Schule bekommen. Er ging traurig nach Hause. Er hatte sich wirklich sehr bemüht, aber er konnte einfach nicht verstehen, was der Lehrer meinte. Nun hatte er die Fünf, trotz all der Mühe, die er sich gab. Das ganze Bemühen um eine gute Note war sinnlos. Sein Herz wurde schwer und er hatte den Kopf gesenkt. War nicht die ganze Schule sinnlos? Warum muss man so viel Kram lernen, den man sowieso wieder vergisst? Warum lernt man in der Schule nicht, zu leben? Was ist eigentlich leben? Warum lebt man eigentlich? Was hat das für einen Sinn? Ist vielleicht am Ende das Leben sinnlos?

All diese Fragen gingen ihm durch den Kopf. Es waren sehr schwere Fragen, auf die er keine Antwort wusste, und ihm wurde vom vielen Nachdenken ganz wirr im Kopf. Er hatte sich auf eine Bank am Wegrand gesetzt und schaute ins Gras. Da bemerkte er einige Ameisen. Sie flitzten flink umher, wie ohne jeden Plan, schleppten etwas herum und rackerten sich ab. Er dachte sich, die Ameisen fragen nicht danach, ob das, was sie tun, sinnlos ist. Sie tun es einfach. Warum soll ich mir den Kopf zerbrechen? Es wird schon alles seinen Sinn haben.

Der Junge stand auf und ging weiter nach Hause. Er beschloss, die vielen Fragen, die ihm durch den Kopf gingen, einfach zu vergessen.

Doch von nun an war kein Tag mehr wie früher. So sehr er sich bemühte, alle Fragen zu vergessen, immer wieder gingen sie ihm durch den Kopf und es kamen mehr und mehr Fragen hinzu. Er fing an, wirres Zeug zu reden und zu stottern und seine Freunde wurden immer weniger, aber die quälenden Fragen wurden immer mehr. Warum kann ich schmecken und fühlen? Warum sehe ich Farben? Wie kommt es, dass ich wachse, dass ich mich bewegen kann? Es kamen immer mehr Fragen, Fragen, Fragen...

Der Junge versuchte, vor den Fragen wegzulaufen, sich abzulenken, aber es gelang ihm nicht. Als ihm mal wieder alles zu viel werden wollte, verkroch er sich auf sein Zimmer. Er lag auf seinem Bett und fühlte sich sehr einsam. Plötzlich hatte er das Gefühl, dass er auf eine große Reise gehen müsse. Weit, weit fort von allem, was ihm bekannt und lieb war. In Gedanken verabschiedete er sich von seinen Geschwistern, Eltern und den paar Freunden, die er noch hatte. Fest entschlossen, die Reise anzutreten und dem inneren Drang, der ihn trieb, zu folgen, schloss er die Augen und die große Reise begann.

Er lief die Straße lang, verließ die Stadt, ging über Feldwege und Wiesen, durchquerte große grüne Täler und enge Schluchten. Er überquerte reißende Flüsse auf alten morschen Brücken und durchquerte kleine Bäche. Er zog durch die dunkelsten Wälder und größten Wüsten. Er stampfte durch Eis und

Schnee und ging durch Palmenalleen. Er durchschritt goldene Tore und finstere Tunnel. Er durchschwamm mit einem Delphin ein riesiges Meer und dann überflog er auf einem Adler einige Gebirgszüge. Ihm schien, als sei die Reise endlos. Alles, was ihm vertraut und bekannt war, war nun unendlich weit fort. Doch plötzlich erkannte er auf dem Gipfel eines Berges eine schwarze Gestalt. Der Adler flog direkt darauf zu, umkreiste den Gipfel einige Male und setzte zur Landung an. Kaum war der Junge abgestiegen, flog der riesige Vogel davon.

Ein großer, schwarz gekleideter Mann mit hohem spitzen Hut kam auf den Jungen zu und sagte: „Ich bin der Wächter der Seelen. Ich habe dich gerufen, weil deine Seele Hilfe braucht. Die Menschen gehen schlecht mit ihren Seelen um. Sie misshandeln sie und beachten sie gar nicht." Der Junge schaute den schwarzen Mann fragend an: „Aber ich weiß überhaupt nicht, was meine Seele ist. Was will sie von mir und wie kann ich ihr helfen?" Der alte Mann sprach: „Deine Seele, das bist du." Und er erklärte: „Deine Seele, das bist du, wie du wirklich bist. Das, was du jetzt bist, ist das, was deine Eltern, Lehrer und auch deine Freunde aus dir gemacht haben. Dein wahres Ich aber ist an einen kalten, großen Felsen gefesselt und geknebelt. Es kann nicht um Hilfe schreien. Deshalb habe ich dich gerufen. Mit der ersten Frage über dich, über deinen Sinn, habe ich dich gerufen. Ich freue mich, dass du mich endlich gehört hast. Dein Leben ist nicht sinnlos, denn du wirst gebraucht. Deine Seele braucht dich, und ich glaube, nein, ich bin mir sicher, du brauchst sie auch.

Darum bitte ich dich, deine Seele zu befreien. Ich würde mich freuen, du würdest ihre Ketten lösen und sie mit dir nehmen und in deinem warmen Herz wohnen lassen. Die Menschen sind schlecht zu ihren Seelen. Schau dich um. So weit dein Auge reicht, geht dieses Gebirge und noch weiter. Es ist das Gebirge der Unendlichkeit. An jeden Fels und an jeden Stein sind arme Seelen gekettet. Sie weinen und frieren. Ich rufe jeden Tag nach Menschen in der Hoffnung, dass sie sich ihrer armen Seelen erbarmen. Aber nur sehr, sehr wenige hören meinen Ruf.

Du aber bist gekommen. Du hast die Möglichkeit, deine Seele zu befreien. Aber nur deiner Seele kannst du helfen. Denn nur zum Sprengen ihrer Ketten hast du die Kraft. Jeder Mensch muss seine Seele selbst befreien und sein wahres Ich suchen. Niemand, selbst ich nicht, kennt den Weg dort hin.

Doch bevor du aufbrichst und mit der beschwerlichen Suche beginnst, möchte ich dich warnen. Es ist nicht leicht zu ertragen sein wahres Ich zu sehen. Vielleicht bist du erschrocken und läufst gleich fort. Vielleicht sagst du, das kann ich nicht sein und verleugnest dein wahres Ich. Vielleicht verlässt dich, wenn du es kennst, der Mut, es in deinem Herzen zu tragen, denn es wird nicht leicht sein. Von dem Tag an, wo du deine Seele befreist und sie in deinem Herzen wohnt, wird sie nicht einfach schweigen, sondern wird dir sagen, wann du das Richtige und wann du das Falsche tust. Tust du etwas, was deiner Seele zuwider ist, wird sie weinen und stark schmerzen, so dass du glaubst, sie zerreiße dir den Leib.

Wenn du jetzt Angst bekommen hast, dann verstehe ich das. Du kannst nach Hause gehen, deine Seele am Felsen zurücklassen und weiterleben wie bisher. So machen es die meisten Menschen. Sie hören nicht auf mein Rufen und leben einfach. Ihre Seele hängt weinend und wimmernd für alle Ewigkeit in den Felsen.

Wenn du diesen Gedanken nicht ertragen kannst, dann habe Mut, ziehe hinaus in das Gebirge und suche deine Seele. Wenn du sie aber findest und nicht den Mut hast, sie in dein Herz zu nehmen, dich vor ihr fürchtest und fortläufst, wirst du nie wieder glücklich sein. Denn ewig wird dich dieses Bild deiner nackten, jammernden Seele verfolgen. Du wirst keine Nacht mehr ruhig schlafen und nie mehr lachen. Ich hoffe, dass du mutig bist und aufbrichst um deine Seele zu suchen. Schließe sie in dein Herz und sie wird dir all deine Fragen, die dich so sehr quälen, beantworten und du wirst sehr glücklich werden."

Die schwarze Gestalt verschwand im Nichts und der Junge blieb allein auf dem Gipfel des Berges zurück. Wie er sich entschied, weiß niemand. Keiner kann mit Gewissheit sagen, wie diese Geschichte weitergeht. Doch je öfter ich die Geschichte erzähle, umso stärker kommt in mir der Gedanke: Der kleine Junge, das bin ich.

Das Elfenkind

Wenn ihr den Blick noch nicht verloren habt für die unzähligen Wunder dieser Welt, ihr noch die Nähe der Feen und Elfen spürt, die mit euch spazieren gehen und eure Haut wie der warme Wind streicheln, so sanft, wie nur die Liebe selbst sein kann, wenn ihr die Lieder noch hören könnt, die sie mit ihren zarten Stimmchen singen, um euch zu erfreuen, und ihr sie wie bunte Lichter auf dem Wasser, wie das Glitzern der Blätter in den sich wiegenden Baumkronen, wie das Funkeln der Sonnenstrahlen im Morgentau tanzen seht, dann wisst ihr, es gibt sie, die Kraft der Liebe, und dann glaube ich, dass ihr auch ein Ohr habt für das, was ich euch erzählen möchte. Vielleicht mag dies dann für den einen oder anderen von euch sogar mehr sein als nur eine Geschichte.

Sicherlich wisst ihr dann auch, dass all diese zauberhaften Wesen Kinder der Liebe sind, und von der Geburt und dem Leben eines solchen Wesens, einer Elfe, will ich euch erzählen.

Die Landschaft war über und über mit einem Blütenmeer bedeckt und die Luft war angefüllt mit den süßesten Düften. Die Vögel hatten ihre schönsten Lieder eingeübt und wurden vom harmonischen Summen der Hummeln und Bienen begleitet, während die buntesten Falter dazu lustig über die Wiese tanzten. Die Halme schaukelten sanft und rhythmisch dazu, und wer ein aufmerksamer Beobachter mit scharfen Augen war, der sah, dass an einem der unzähligen Halme tatsächlich ein Kind geschaukelt wurde. Es lag in einem winzigen Kokon aus hauchdünner, allerfeinster Seide, so zart, als sei er aus purem Licht gewoben, und im Schutz dieser zierlichen Hülle schlief es, das noch gar so winzig kleine Kind der Liebe, die junge Elfe.

Doch nun war die Zeit gekommen, dass sie aufwachen sollte. Ganz vorsichtig und behutsam drang ein einziger warmer Lichtstrahl durch die Hülle, um ihr die Wangen sanft zu streicheln und ihr ein wenig an dem kleinen, nur allzu niedlichen, Stupsnäschen zu kitzeln. Schon bald fing die Elfe an, sich in ihrer weichen Hülle zu recken und zu strecken, dann öffnete sie die Augen, die so blau waren, als würde sich der klare Sommerhimmel darin spiegeln, und so tief, als würde man in ein Meer aus kristallklarem Wasser blicken, und sie blinzelte dem Lichtstrahl freundlich entgegen, der ganz verlegen wurde und sich schüchtern aus dem Kokon schlich.

Während sie sich mit ihren winzigen Händchen noch ein wenig die Augen rieb, ertönte eine lieblich klare und sanfte Stimme, hell wie kleine Silberglöckchen und doch warm und fürsorglich, die sie aufforderte: „Komm heraus, mein Kind! Das Leben erwartet dich. Die Wiese trägt für dich ihr schönstes Kleid, und viele Gäste sind gekommen, um dich zu begrüßen."

Der Wind hauchte der Elfe noch ein wenig Blütenduft durch die feine Hülle des Kokons. Dies gefiel ihr und sie wurde neugierig. „Was ist das?", fragte sie.

„Das ist das Leben!", antwortete die liebliche Stimme. „Das Leben ist aber noch viel mehr und viel schöner. Komm nur und sieh es dir an!"

Nun schob die kleine Elfe ein wenig von den feinen Fasern des Kokons zur Seite und steckte neugierig den Kopf hindurch, um zu sehen, was da draußen alles so vor sich ging. Sicherlich könnt ihr euch denken, dass die Elfe nun eine ganze Weile vor Staunen den Mund nicht mehr schließen konnte, so sehr beeindruckt war sie von dem Schauspiel, das sich ihr bot. Es hatte den Anschein, als wollte die Natur ihr alles zeigen, was sie bisher an leuchtenden Farben, an lieblichen Düften und zauberhaften Klängen geschaffen hatte.

Natürlich hielt nun nichts mehr die Elfe in der engen Hülle, und sie kam heraus, hockte sich auf den Kokon und klatschte vor Begeisterung in die Hände. Die Schmetterlinge tanzten ihr munter um den Kopf und die kleine Elfe hatte so viel Freude daran, dass sie immer wieder lachte und fröhlich mit den Beinen schaukelte. Nun hätte jeder, der noch einen Blick dafür hat, ihre ganze Schönheit bewundern können. Trotz ihrer Winzigkeit strahlte sie soviel Liebreiz aus wie wohl alle Märchenprinzessinnen, von denen ihr bisher gehört habt, zusammen nicht. Es würde wenig Sinn ergeben, genauer zu beschreiben, was nicht zu beschreiben ist. Stellt euch in eurer Fantasie das allerhübscheste Mädchen vor und ihr könnt sicher sein, noch um ein vielfaches reizvoller war sie. Und sicher hätte sich jeder Mann, der sie sah, sofort unsterblich in sie verliebt, doch es war nur eine winzig kleine und im Meer der Gräser und Blumen verborgene Elfe, und darum war sie für die meisten Menschen unsichtbar.

Eine kurze Zeit noch spielten die bunten Falter mit ihr, und dann flogen sie über die weite Wiese in Richtung Horizont davon. Ein kleines bisschen wehmütig blickte die Elfe ihnen mit ihren tiefblauen Augen nach. Nun hörte sie wieder die helle, sanfte Stimme, die sie aufforderte: „Folge Ihnen!" Nun erst schien die Elfe ihre zierlichen Flügel zu bemerken, die sie kaum sichtbar auf dem Rücken trug. Sie waren so fein und klar, dass man sie nur bemerken konnte, wenn ein Lichtstrahl sich in ihnen brach und sie ein wenig funkelten. Es war kaum zu glauben, dass es möglich ist, mit solchen zierlichen Häutchen zu fliegen. Doch die Elfe selbst war von so zarter Gestalt, dass die Flügel sie mit Leichtigkeit zu tragen vermochten. Und so, als ob Fliegen das einfachste auf der Welt wäre, schlug sie mit ihren Flügeln, um so schnell wie möglich den Schmetterlingen nachzueilen. Und es sollte euch nicht wundern, dass die Elfe all dies nicht erst lernen musste, sondern von der ersten Stunde ihres Lebens an konnte, sie war doch ein Kind der Liebe. Und jeder von euch, der die Liebe kennt, weiß doch, dass die Liebe ein Wunder ist. Warum sollte es dann mit ihren Kindern anders sein? Doch es gibt etwas, das auch die Elfen erst erlernen müssen. Es ist die Kunst zu leben. Und alle Erfahrungen, die sie brauchen, um diese Kunst zu beherrschen, müssen sie selber sammeln. Dies kann niemand den Elfen abnehmen.

Doch zunächst war sie ein Elfenkind, und wie alle Kinder verbrachte sie die meiste Zeit damit, zu spielen und herumzutollen, wobei sie ständig von den prächtigen Faltern begleitet wurde, die ihr vieles zeigten und auf sie acht gaben. Es gab doch so viel zu erkunden, zu entdecken und zu erleben, dass jeder Tag für sie zu einem großen Abenteuer wurde und die junge Elfe keine Zeit hatte, sich irgendwelche Gedanken über ihr Leben zu machen. Nun ist es mit Elfen nicht anders als mit Menschenkindern, sie werden so nach und nach erwachsen. Was bei einem Menschen aber viele Jahre dauert, das dauert bei einer Elfe nur wenige Wochen. Dann, wenn sie sich ausgetollt hat und sie jede Blume und jeden Halm auf der Wiese, die ihr Zuhause ist, kennt, dann, wenn sie Bekanntschaft mit jedem Tier, das dort lebt, gemacht hat und all ihre Namen weiß, wird sie ruhiger und hat mehr Zeit, sich auszuruhen und über sich und ihr Leben nachzudenken. Bei den Menschen ist es ja nicht anders, doch wenn die Jugendlichen nachdenklich werden, wenn sie davon träumen, ihrem Leben einen ganz besonderen Sinn zu geben und die Welt ein wenig nach ihren Idealen zu verändern, dann schimpfen die Erwachsenen schnell und fragen sie, wer ihnen denn all diese Flausen in den Kopf gesetzt hat. Schon die Lehrer bemühen sich die Köpfe der jungen Menschen voll zustopfen mit Dingen, die sie garantiert nicht brauchen. Sie ärgern sie mit Formeln, Zahlen und Berechnungen, die so schwierig sind, dass sie keinen Platz mehr lassen für eigene Gedanken, für Fantasie und erst recht nicht für irgendwelche Ideale. Dann sagt man ihnen, sie sollen sich um ihre Zukunft Gedanken machen, einen anständigen Beruf erlernen, und wenn sie mit all dem Lernen fertig sind, sind sie genauso wie ihre Eltern. Für die Erwachsenen ist das bequem, denn sie brauchen nicht zu befürchten, dass sich irgendwelche Dinge ändern, an die sie sich so gewöhnt haben. Vor lauter Bequemlichkeit merken sie aber gar nicht, dass sie so viele Fehler machen, die ihnen und der Welt schaden. Sie machen dann einfach weiter und weiter, nur weil man es immer schon so gemacht hat. Sagt ein junger Mensch dann, das kann doch so nicht richtig sein, packt sie alle eine panische Angst und man versucht alles, um diesen jungen Menschen diese Flausen auszutreiben. Dies aber ist glücklicherweise bei den Elfen anders. Ihnen treibt keiner die Gedanken aus, die sich eine Elfe über ihr Leben macht, ganz im Gegenteil, dies ist sogar eine sehr wichtige Aufgabe im Leben einer Elfe. Und dies ist wohl auch der bedeutendste Unterschied zwischen den Elfen und den Menschen. Natürlich, Elfen sehen anders aus, kommen anders zur Welt, leben anders, aber all diese Unterschiede sind eher unbedeutend. Bedeutender ist die Tatsache, dass Elfen die Fähigkeit haben, ihre Umwelt auf sonderbare Weise zu verzaubern, und dies können sie nur, weil sie sich den Sinn ihres Lebens bewusst machen. Sie machen sich immer wieder klar, dass sie doch Kinder der Liebe sind und so leben sie. Und soviel solltet ihr über die Liebe schon wissen: Das Verzaubern der Welt gelingt nur mit ihrer Hilfe.

So kam es also, dass unsere junge Elfe an einem schönen, sonnigen Tag in der Mitte einer großen Margeritenblüte lag und den Wölkchen nachsah, die ruhig und ohne jede Hast am tiefblauen Sommerhimmel dahin zogen. Sie genoss es, von einer leichten, warmen Brise sanft geschaukelt zu werden, und während sie so dalag, dachte sie zum ersten Mal über ihr Leben nach. Ihr wurde bewusst, dass sie ein Kind der Liebe ist, und dass größere Aufgaben auf sie warteten, als nur mit den Schmetterlingen zu spielen und mit ihnen Flugkunststückchen einzustudieren.

Fast unmerklich war so nach und nach all das Singen und Klingen, das Brummen und Summen, diese Melodie, dieses Wiesenkonzert, das sie bisher ihr Leben lang begleitet hatte, verstummt. Völlige Stille umgab sie. In ihr kam die starke Sehnsucht auf, etwas von der großen weiten Welt zu sehen, und sie beschloss nun fortzuziehen. Kaum hatte sich ganz heimlich und still dieser Gedanke in ihren Kopf geschlichen, da hörte die Elfe wieder diese sanfte Stimme sprechen. Dieser Stimme schien nichts verborgen, nichts geheim zu sein. Jeden Gedanken der Elfe, und sei er auch noch so zögernd und vorsichtig durch ihren Kopf gewandert, schien diese Stimme zu kennen. Und immer schien diese lieblich zarte Stimme voller Fürsorge für die Elfe, wenn sie zu ihr sprach. „Ich weiß, dass nun die Sehnsucht nach der großen Welt in dir wächst", begann sie, „und dies ist gut so, denn die Elfen und all die anderen Kinder der Liebe sollen hinausziehen in die Welt, um sie mit ihrem Wesen, ihrem Liebreiz zu verzaubern und sie schöner zu machen, damit sie wieder das wird, was sie einst gewesen ist: ein wunderschönes Paradies ohne Leid, Tränen und Sorgen. Aber denke daran, deinen Zauber, deine Ausstrahlung hast du nur, wenn du glücklich bist. Der Glanz von Tränen hat keine Kraft die Welt zu verzaubern, der Glanz glücklicher Elfenaugen aber sehr wohl."

Ob es schwierig ist, glücklich zu sein, wollte die Elfe nun wissen, und sie gab zu bedenken, dass sie doch früher so unbekümmert und fröhlich gewesen sei und nun aber so nachdenklich geworden ist.

„Du musst unterscheiden", fuhr die wärmende Stimme leise fort, „zwischen Glück für den Augenblick und Glück für das ganze Leben. Bisher hast du gelebt wie ein Kind, hast nie an Morgen gedacht und den Augenblick genossen. Doch die Blume, über deren Duft du dich gerade noch so sehr gefreut hattest, verlor sofort deine Aufmerksamkeit, wenn die Falter dich zum Spiel aufforderten, und du hattest sofort das Spiel mit den Faltern vergessen, wenn plötzlich ein Vogel damit anfing, sein schönstes Lied zu singen, und du hast dich voller Begeisterung zu ihm gesetzt, um den hellen Klängen zu lauschen. So reihte sich immerzu Glück für den Augenblick an Glück für den Augenblick und erschien dir wie das Glück fürs Leben. Doch nun, wo dir alles so vertraut ist, suchst du den Weg in die Ferne, und dort wirst du, wenn du es nur willst, Glück für dein ganzes Leben finden. Doch bevor du dich auf den Weg machst, musst du noch eines wissen: Über dieser Wiese lag bisher ein Zauber. Er hat aus ihr eine friedliche Insel inmitten der großen Welt gemacht. Im Schutze dieses Zaubers konntest du heranwachsen. Zu keiner Zeit gab es Gefahren für dich, und alle waren dir wohl gesonnen. Alle dienten dir wie die Hofdamen einer Prinzessin. Dies wird von nun an anders sein. Du wirst viele Dinge sehen, die dir vielleicht zunächst Angst machen und dich erschrecken. Aber du sollst dich nicht fürchten. Denke immer daran, dass du niemals alleine bist, denn du trägst mich in deinem Herzen immer mit dir. Wenn du dann einmal nicht mehr so recht weiter weißt, dann suche die Stille und lausche in dich hinein, und du wirst mich hören und ich werde dir helfen. Ich kenne alle deine Gedanken, alle deine bangen Fragen, keine bleibt unbemerkt, und wenn sie auch noch so leise und unscheinbar durch deinen Kopf schleichen mögen. Suche also immer die Stille, wenn du nicht mehr weiter weißt, denn meine Stimme ist so leise und so sanft, dass sie nicht die Kraft hat, den Lärm der Welt zu übertönen. Wenn du dies bedenkst, kannst du in der großen Welt bestehen. Und denke auch daran, du solltest möglichst immer glücklich sein, denn eine glückliche Elfe verzaubert alles, was um sie ist, und dieser Zauber hat große Macht."

„Was muss ich tun, um richtig glücklich zu werden, um das Glück fürs Leben zu finden?", fragte die Elfe ein wenig bang, denn ihr wurde klar, wie wichtig dies für sie war. „Lebe einfach nur so, wie du wirklich bist und was du wirklich bist. Du könntest so leben, als seiest du ein Schmetterling, könntest von Blüte zu Blüte schweben, dich am Nektar berauschen und so tun, als ginge dich der Rest der Welt nichts an. Dies würde dich aber ganz gewiss unglücklich machen. Eine unglückliche Elfe ist aber den Gefahren der Welt schutzlos ausgeliefert. Du bist doch ein Kind der Liebe, eine Elfe, lebe so! Findest du einen Platz auf der Welt, der dir zu finster ist, dann mache ihn mit deinem Zauber heller, und ist dir ein Ort zu kalt, hast du die magische Kraft, ihn zu erwärmen, und fließen dir auf dieser Welt zu viele Tränen, bedenke, dass du die Kraft hast, sie zu trocken und das Lächeln in die Gesichter zu zaubern. All diese Macht hast du, wenn du es nur willst und lebst, was du bist."

Ganz fest nahm sich die Elfe vor, eine gute Elfe zu sein. Sie versprach es der Stimme, die in ihr wohnte, sie versprach es sich selbst und der Welt, und dann war ihr mit einem Male so, als sei sie gerade aus einem tiefen Traum erwacht.

Sie richtete sich auf und setzte sich auf den Rand der Margeritenblüte. Irgendwie schien die Wiese, die ihr bisher so vertraut war, ihren Zauber verloren zu haben. Die Stille verschwand so langsam und heimlich, wie sie gekommen war, doch die ihr bekannten Melodien und Lieder kehrten nicht zurück. Völlig neue Töne drangen zunächst kaum hörbar, doch dann immer lauter und lauter und fast schon zu Lärm anschwellend an ihr Ohr. Sie hörte das ihr bis dahin unbekannte Geräusch einer Motorsäge, in der Ferne quiekten vergnügt Menschenkinder, und ein kleines Flugzeug knatterte am Himmel, genau dort, wo sonst die Lerche in der Luft stand, um der Elfe lustig etwas vorzuträllern. War die Wiese bisher für die Elfe fast unüberwindbar groß gewesen, so schien es ihr nun, als bräuchte sie nur wenige Flügelschläge, um sie zu überqueren, und um die Wiese herum schien eine völlig neue Welt entstanden zu sein. Es gab Felder, Gärten, Häuser, Straßen. So fremd erschien der Elfe die Welt, dass sie sich einen winzigen Augenblick lang fürchtete. Doch dann dachte sie an all das, was die innere Stimme ihr gesagt hatte und daran, dass sie sich doch fest vorgenommen hatte, eine gute Elfe zu sein. Darum fasste sie Mut und flog kurz entschlossen über die Wiese, die ihre Kinderstube gewesen war, hinaus in die große, neue, unbekannte Welt und hinein in ihr neues Elfenleben.

Doch leider wissen wir aus eigener Erfahrung nur allzu genau, dass es nicht nur Gutes auf der Welt gibt, und dass es zu viele finstere Gesellen und Schurken gibt, die ihr Unwesen treiben. Einer von dieser Sorte saß ganz in der Nähe, in der Krone eines kahlen, knorrigen Baumes, und es hatte den Anschein, als hätte er schon auf die junge Elfe gewartet. Es war ein ziemlich großer, schwarzer und wohl auch sehr alter Vogel, der da lauerte. Kaum sah er das Funkeln ihrer zarten Flügel im Sonnenlicht, breitete er seine gewaltigen, großen Schwingen aus, die einen riesigen, Furcht einflößenden Schatten warfen, und es war nur ein einziger Schlag mit diesen kräftigen Flügeln nötig, um zur Elfe zu gleiten. Der große Vogel stand nun in nur geringem Abstand über der Elfe in der Luft und flog genauso schnell wie sie. Ihr wurde kalt und wohl auch ein wenig unheimlich, doch dies wollte sie sich nicht eingestehen, und sie flog weiter, als störte sie der ungebetene schwarze Begleiter nicht. Sie flog den Stimmen der spielenden Kinder entgegen, denn die fand sie lustig, und darum wollte sie sich die Menschenkinder gerne ansehen. Den Vogel störte es etwas, dass er überhaupt keinen Eindruck auf die Elfe zu machen schien. Nun fing er mit gespielter Höflichkeit an zu reden: „Entschuldigen sie, hoch verehrtes Elfenfräulein, ich hoffe ich habe sie nicht erschreckt, aber wissen sie, ich lebe schon sehr lange hier und kenne die Gegend und ihre Bewohner sehr genau, da fällt mir doch gleich auf, wenn plötzlich eine so hübsche und bezaubernde Person wie sie auftaucht. Neu hier, oder auf der Durchreise?", fragte er. Der Elfe war wohl bewusst, wie wunderschön sie war und welch eine Ausstrahlung sie hatte, aber ein Kompliment dafür hatte sie bisher noch nie bekommen. Sie fühlte sich sehr geschmeichelt und schämte sich nun für ihr anfängliches Misstrauen und es war wohl auch unhöflich von ihr, dass sie dem Vogel anfangs keine Beachtung schenkte. Sicher gehört sich das nicht für eine Elfe, dachte sie sich. Der Alte ist froh, einmal mit jemanden plaudern zu können, der seine alten Geschichten noch nicht kennt. „Nein, sie haben mich nicht erschreckt.", antwortete sie nun höflich. "Ich bin auf den Weg zu den Kindern, die man dort in der Ferne lachen hört, ich habe noch nie Menschenkinder gesehen, müssen sie wissen."

„Ach, nein, was sie nicht sagen. Das kann ich mir aber gar nicht vorstellen, von diesen fürchterlichen Bälgern gibt es doch mehr als genug, und überall treiben sie sich herum und spielen mit uns ihre bösen Streiche." Der Vogel glitt nun mittlerweile, fast ohne dabei die Flügel bewegen zu müssen, neben der Elfe her, denn er dachte sich, es macht einen besseren Eindruck, wenn man sich während des Gesprächs ein wenig anschaut. Die Elfe war recht froh darüber, denn nun, da sie nicht mehr im Schatten des Vogels flog, wurde ihr wieder wärmer, hatte sie doch nur ein hauchfeines kurzes Sommerkleidchen an. „Fürchterliche Bälger, böse Streiche" die Elfe erschrak als sie das hörte. So hatte sie sich die Menschenkinder nicht vorgestellt. Nun war sie sogar schon froh, dass der große schwarze Vogel in ihrer Nähe war, war er doch alt und reich an Erfahrungen und konnte sie, die von der Welt noch nichts kannte, warnen.

„Meinen sie", fragte sie nun voll Vertrauen den Vogel, „ich sollte besser nicht dort hinfliegen. Sie müssen wissen, ich bin noch recht jung. Es wäre schön, wenn sie noch ein wenig in meiner Nähe blieben", bat sie und erzählte dem Vogel, dass sie gerade erst ausgezogen war, um die Welt kennen zu lernen, dass sie sich vorgenommen hatte, eine gute Elfe zu werden und die Welt zu verzaubern.

„Ich verstehe das nicht", stellte sich der alte Vogel dumm, flog einige Meter vor und setzte sich in eine Baumkrone. Die Elfe setzte sich neben ihn, und der Vogel fragte mit gespielter Unwissenheit weiter: „Du sagst, du seiest ein Kind der Liebe, aber was ist das für eine Liebe, wenn sie ihre Kinder ohne Hilfe, völlig unerfahren in die Welt hinausschickt und großen Gefahren aussetzt?"

„Ich bin nicht allein", antwortete die Elfe munter.

„Nein!", tat der Vogel erstaunt, verdrehte den Kopf in alle Richtungen, als suche er jemanden, und sagte dann: „Ich kann niemanden außer uns beiden entdecken."

Die Elfe bemühte sich nun, dem alten Vogel zu erklären, dass die Liebe in ihr wohnt, und dass die Liebe zu ihr spricht und sie so beschützt. Die Elfe ahnte ja nicht, dass der Vogel über all dies sehr wohl

73

Bescheid wusste. Er wusste sehr wohl, dass es die Liebe gab und dass sie mit Hilfe ihrer Kinder so nach und nach die Welt verzauberte. Dies gefiel dem Vogel aber ganz und gar nicht, nur ließ er sich dies nicht anmerken. Er war ein Diener von „IchWill", einem großen und mächtigen Herrscher auf dieser Welt. Den Namen hatte er, weil er nur an sich dachte und immerzu rief: „IchWill!!", „ichWill!!". „Ich will Macht!", schreit er immerzu, „Ich will die Welt beherrschen! Ich will, dass alle mir dienen!" Von seinem Volk verlangt er, dass es auch nur „IchWill" denkt und den ganzen Tag „IchWill" ruft. Wer dies nicht tut, auf den ist er sehr böse, und er muss mit den fürchterlichsten Strafen rechnen. Also denken seine Untertanen: „Ich will keinen Ärger", „Ich will mein Leben nicht gefährden". Sie denken natürlich auch: „Ich will Macht", „Ich will Geld", aber da „IchWill" zu mächtig ist, biedern sie sich ihm an. Der eine verrät den anderen, jeder bespitzelt und belauert jeden, denn jeder denkt dabei: „Ich will mich besser stehen als andere". Doch die Kinder der Liebe denken nicht „IchWill". Sie sagen nicht: „Ich will um jeden Preis glücklich werden", sondern sie sagen: „Die Welt soll schöner werden, und wenn die Welt schöner wird, wenn die anderen Wesen glücklich sind, dann werde ich auch glücklicher sein". Und je glücklicher sie sind, desto mehr verzaubern sie die Welt mit ihrer Liebe. Wo sich der Zauber der Liebe verbreitet, da ist „IchWill" machtlos, denn Liebende denken niemals „IchWill". Ihr könnt euch nun also denken, dass dem schwarzen Vogel ganz und gar nicht daran gelegen war, dass die Elfe glücklich wird.

74

Genau das Gegenteil war sein Ziel, er wollte sie ins Unglück stürzen, damit sie so ihre Ausstrahlung und ihren Zauber verliert.

„Ich glaube", schlug er vor, wobei er nur mit Mühe einen listigen Unterton verbergen konnte, „ich zeige dir die Menschenkinder. Wenn du in meiner Nähe bleibst, wird dir nichts passieren. Es ist sicher gut, wenn ich dir zeige, welch grausame Wesen dies sind, damit du dich vor ihnen in Acht nehmen kannst", tat er fürsorglich.

Nun ist es mit den Menschen so, dass einige von ihnen auch die Liebe im Herzen tragen, viele, leider allzu viele aber denken nur „IchWill" und dienen ihm. Natürlich zeigte der Vogel der Elfe nicht die braven Kinder, sondern die bösen „IchWill"-Kinder, die ständig miteinander stritten, weil immer, wenn eines von ihnen mit irgendetwas spielte, jedes andere rief: „Ich will es". Jähzornig stampften sie mit den Füßen auf den Boden, schlugen einander, zogen sich an den Haaren und bissen sich, heulten und brüllten vor Wut und traten, wenn sie ärgerlich waren, nach dem Hund, der jaulend davon kroch, oder sie traten nach den noch wehrloseren Tauben und Hühnern, die auf dem Hof herumliefen. Die Elfe war sehr erschrocken, als sie das Verhalten dieser Menschenkinder sah, und sie dachte natürlich, alle Menschenkinder wären so. Natürlich rief die zarte Stimme in ihr ständig und schon völlig heiser und verzweifelt, sie solle nicht auf den Vogel hören und sie solle nicht glauben, was er ihr zeigte, aber der Vogel wusste sehr wohl, dass die Liebe eine ganz leise und zarte Stimme hat, die die Elfe nur hören konnte, wenn es ganz still war. Darum war der Vogel auch von Anfang an darauf bedacht, dass die Elfe nicht zur Ruhe kam. Er redete ständig und unablässig auf sie ein und versuchte, so gut zu lärmen wie er nur konnte, ohne dass die Elfe Verdacht schöpfen würde. Nun beobachtete er gemeinsam mit der Elfe, wie die Kinder ein besonders grausames Spiel trieben. Mit den Händen haschten sie nach Fliegen, um ihnen dann nach und nach die Flügel und die Beine auszureißen. Immer wieder ließen sie die so grausam gequälten armen Kreaturen ein wenig über ihre Hände krabbeln und hatten einen großen Spaß daran, wie sie hilflos und mühsam versuchten, sich voran zu schleppen. Dann packten sie die Tiere wieder, um ihnen ein weiteres Glied auszureißen, und wenn nichts mehr an ihnen auszureißen war, dann warfen sie die Fliegen in eine Regentonne, um sie zu ersäufen. „IchWill"-Kinder haben Vergnügen an solchen Dingen, denn sie denken nur: „Ich will meinen Spaß". Es ist ihnen dabei völlig egal, wenn sie anderen Lebewesen Leid zufügen. Dieses Schauspiel schockierte und erschreckte die Elfe sehr, es ekelte und widerte sie an. So grausam hatte sie sich das Leben nicht vorgestellt. Der schwarze Vogel bemerkte mit Freude, was in ihr vorging, und um ihren Schreck noch zu verstärken und ihr endgültig Angst einzujagen, sagte er: „Denke dir nur, wenn dich ein Menschenkind in die Hände bekommt, wie es dich dann zurichtet. Ich glaube, es liegen schon unzählig viele Elfen tot am Grund dieser Regentonne." Er spielte tiefe Trauer und Entsetzen, als er sich scheinbar selbst gedankenverloren fragte, welche fürchterlichen Qualen diese armen zarten Wesen wohl erdulden mussten. Doch für die Elfe war dieser Gedanke zu viel. Sie zitterte vor Angst am ganzen Körper und fing bitterlich an zu weinen, und je herzergreifender sie schluchzte, desto mehr lachte der Vogel still und hämisch in sich hinein. Mit einer widerlich falschen Freundlichkeit sprach er zur Elfe: „Es ist doch nicht gut, wenn du traurig bist. Sollten Elfen nicht besser glücklich sein?" „Wie soll ich bei soviel Leid und Grausamkeit in der Welt glücklich sein?", antwortete sie und fuhr fort: „Ich weiß, ich bin keine gute Elfe, aber ich bin so klein und schwach, und die Welt ist so groß und so grausam."

Nun spielte sich der alte schwarze Vogel als besonders hilfsbereiter Zeitgenosse auf. „Ich glaube", sprach er, „wir müssen erst mal sehen, wie wir dir wieder etwas Mut machen. Es ist meine Pflicht, dir zu helfen, ich hätte dir die Wirklichkeit nicht zeigen dürfen."

„Doch", unterbrach ihn die Elfe, „ich bin ja so froh, dass du mich rechtzeitig gewarnt hast. Ahnungslos wäre ich ihnen in die Falle gegangen und läge nun schon tot in der Regentonne."

„Es kann schon sein", erwiderte der Vogel, „dass du gar nicht so Unrecht hast. Es war zwar sehr hart für dich, aber sicherlich war es notwendig. Nun ist aber auch wichtig, dass ich dir helfe, damit du wieder glücklich wirst. Das Beste ist wohl, wenn wir es mit einer Medizin versuchen. Das Rezept wird in unserer Familie schon seit Urzeiten überliefert. Sie wird dir gut tun. Wenn du nur wenig davon nimmst, wirst du wieder glücklich wie zuvor und all dein Kummer wird fort geblasen."

„Es wäre schön", sprach die Elfe mit hoffnungsvoller Stimme, „wenn ich diese grausamen Bilder wieder vergessen könnte. Sicherlich rauben sie mir sonst mein Leben lang den Schlaf. Es würde doch reichen, wenn ich nur die Erfahrung und das Wissen über die Gefahr in meinem Kopf behalte."

Der Vogel sprach in einem solchen Ton, dass nun jeder die Falschheit aus seinem Krächzen heraushören konnte. Nur die Elfe war dafür taub, zu sehr hoffte sie auf die Hilfe ihres schwarzen Begleiters. „Habe ich nicht vielleicht sogar ein paar Tröpfchen davon bei mir?" Er wühlte mit dem Schnabel im Gefieder und lachte dann, „Es ist schon erstaunlich, was man so alles mit sich herumschleppt. Da ist sie tatsächlich." Er zog ein winziges Fläschchen hervor, das ebenso schwarz war wie er selbst, und er hielt es der Elfe hin.

Die Elfe nahm erleichtert das Fläschchen, und ohne lange zu zögern, trank sie daraus. Sofort fing alles um sie herum an sich zu drehen, so dass ihr ganz schwindelig davon wurde, alles drehte sich immer schneller und schneller. Der Vogel fing an fürchterlich hässlich und höhnisch zu lachen. Laut und ohrenbetäubend schrill grölte der Vogel. Dann war es plötzlich still, als hätte jemand die Welt um sie herum einfach abgeschaltet. Die Elfe fühlte sich wieder unbekümmert, und es war ihr, als sei sie wieder auf der verzauberten Wiese. Es wirkte wohl alles etwas unwirklich blass, aber sie war überglücklich und schwebte nun einige Zeit so dahin. Doch das, was die Elfe sah, das waren Trugbilder, denn in dem Fläschchen war keine Medizin, sondern ein Mittel, von dem man, wenn man einmal davon gekostet hat, immerzu etwas trinken muss. Tat man es nicht, wurde man todtraurig und krank. Kurz nur schwebte die Elfe in dieser Trugwelt, dann erwachte sie wieder, doch nun erschien ihr die Welt noch trauriger als bisher. Wieder musste sie an die Kinder denken, die Fliegen quälten, und diesmal kam es ihr vor, als würde sie die markerschütternden Schmerzensschreie dieser hilflosen Tierchen hören. „Gib mir bitte noch mehr von der Medizin", bat die Elfe den Vogel, „mir ist noch nicht besser."

„Was denkst du, wer ich bin", antwortete der Vogel diesmal ziemlich unfreundlich. „Diese Medizin ist sehr kostbar, glaubst du, ich habe etwas zu verschenken?"

„Bitte gib sie mir", flehte ihn die Elfe an, dabei zitterte sie am ganzen Körper, denn ihr war unnatürlich kalt und sie hatte eine so fürchterliche Angst vor der Welt. „Gib mir dafür deine schönen feinen Haare!" verlangte der Vogel, „Vielleicht bringen sie ja einen guten Preis, wenn ich sie verkaufe."

Die Elfe willigte ein, und ohne zimperlich zu sein, riss der alte schwarze Vogel ihr mit seinem harten, spitzen Schnabel die Haare vom Kopf. Geduldig ließ die Elfe den Schmerz über sich ergehen, denn er war geringer als das Leid, welches sie erfuhr, wenn sie nicht von dem Mittel trank. Nahm sie aber einen Schluck, ging es ihr wieder gut. Die Linderung hielt nicht lange an, und war die Wirkung vorbei, dann ging es ihr schlechter als zuvor. Sie verlangte also immer mehr von dem Mittel, von dem sie glaubte, dass es eine Medizin sei und es kam sogar so weit, dass sie das tat, was Kinder der Liebe sonst niemals tun. Verzweifelt schrie sie immer lauter und immer energischer: „IchWill, IchWill! Ich will die Medizin!" Dieses „IchWill" drang bis zu dem Palast des mächtigen Herrschers, dessen Namen sie nun rief, und als er hörte, dass eine Elfe seinen Namen rief, genoss er den Triumph. Der Vogel nahm ihr nun alles fort, mit ihrem Glanz schmückte er seine alten zerfledderten Federn, die Flügel riss er ihr aus, gerade so wie es die „IchWill"-Kinder zuvor mit den Fliegen getan hatten und ihr hübsches Kleidchen riss er von ihrem zarten Leib. Als sie nun nichts mehr hatte und versuchte ihren nackten Körper mit etwas trockenem Moos zu verhüllen, da wollte der Vogel ihr nun nichts mehr von dem Mittel geben. Die Elfe war nur allzu traurig anzusehen, aus dem so bezaubernden Wesen war eine nackte, winselnde Kreatur geworden, in der sicher niemand mehr eine Elfe erkannt hätte. Jeder, der wusste, welchen Liebreiz sie zuvor hatte, der wäre bei diesem Anblick zutiefst traurig geworden. Doch die Elfe war mit ihrem Kummer ganz allein, niemand nahm davon Kenntnis. Niemand? Doch, da war noch jemand, der verzweifelt versuchte, ihr zu helfen. Es war die Stimme in ihr, die unablässig und verzweifelt nach ihr rief, doch die Elfe hörte sie nicht, denn laut kreischend und hysterisch schrie sie „IchWill", „IchWill", doch der Vogel wollte ihr nichts mehr von dem Mittel geben, denn sie konnte es ja nicht bezahlen. Als er ihr Gewinsel aber nicht mehr ertragen konnte, da kam ihm eine Idee, wie sie ihm viele funkelnde Goldstückchen einbringen könnte. In der Nähe war eine Mine, in der schürften Kobolde nach Gold. Es waren aber keine guten Kobolde, wie man sie vielleicht von dem einen oder anderen Märchen her kennt, nein diese hier waren raue und verwegene Gesellen, Rauf- und Trunkenbolde. „Sicherlich haben sie Spaß an dem nackten Elfenkind", dachte er sich. So kam es, dass sie während der Saufgelage der Kobolde zu derben Liedern mit ihnen tanzen musste. Dafür erhielt der Vogel von den Kobolden Gold, aber der behielt alles für sich und sagte zu ihr, er brauche es, um die Medizin zu bezahlen, von der er ihr ab und zu ein Schlückchen gab. Die Kobolde waren mit der Elfe nicht zimperlich, fassten sie so grob an, dass sie über und über mit grünen und blauen Flecken bedeckt war, und wenn einer der Kobolde glaubte, sie habe sich nicht genug um ihn gekümmert, dann wurde sie verprügelt. Einmal, als es diese rauen Kerle mit ihrem Saufen allzu toll getrieben und die Elfe dabei auch besonders übel zugerichtet hatten, kam es, dass alle Kobolde tief und fest ihren Rausch ausschliefen. Der große Vogel war fort gegangen, um sein Gold, das er an diesem Tag von den Kobolden bekommen hatte, zu verstecken. Die Höhle, in der sie ihre Gelage feierten und die sonst vom Gegröle der Trunkenbolde hallte und bebte, wirkte ungewohnt und fast gespenstisch still.

Es mag vielleicht nur ein winzigstes Momentlein gewesen sein, wohl als die Elfe Luft holte um weiter „IchWill" zu rufen, da hörte sie plötzlich diese Stimme, diese warme liebe Stimme. Die Elfe merkte, der Schmerz ließ nach, und die Stimme wirkte lindernd und besser, als es die Medizin je zuvor vermocht hatte. Nun lauschte die Elfe nach der Stimme, und sie hörte wie diese ihr zurief: „Flieh, mein Kind! Bitte, flieh!"

In diesem Augenblick überlegte die Elfe nicht lange und lief aus der Höhle. Fort, weit fort wollte sie. Sie lief so schnell sie nur konnte und kam an eine Waldlichtung. Inmitten der Lichtung lag ein junger Mann im Gras und träumte. Da blitzte plötzlich ein Sonnenstrahl durch die Blätter und spielte an seinen Augen, so dass er sie für ein Fünkchen Zeit öffnete und dies genau in dem Augenblick, als die Elfe über die Lichtung huschte. Obwohl sie schon längst nicht mehr den Glanz einer Elfe hatte, war sie doch immer noch recht hübsch, nicht schöner als viele andere Mädchen auch, doch schön genug, dass sich der junge Mann in sie verliebte. Nur nahm er sie nicht in Wirklichkeit wahr. Der Augenblick reichte, dass sich ihr Bild in seinen Traum schlich, und als die Elfe spürte, dass der junge Mann in sie verliebt war, bekam sie all ihren Glanz, ihre Schönheit und ihren Zauber zurück und wurde wieder eine richtige Elfe. Sie war sehr glücklich darüber, dass sich jemand in sie verliebt hatte. Es war still auf der Lichtung, und die Elfe konnte wieder die Stimme hören. „Denke an deine Zauberkraft", rief sie ihr zu, und die Elfe besann sich darauf. Mit Hilfe ihrer Ausstrahlung verzauberte sie den Wald in den wohl schönsten und friedlichsten Ort, den man sich nur denken konnte. „IchWill" und seine Helfer waren darüber sehr böse, doch sie konnten es nun nicht mehr ändern. Der junge Mann kam nun aber immer wieder zu der Lichtung, weil es dort so ruhig und so friedlich war, und er legte sich dort hin um zu träumen. Aus Dankbarkeit für seine Liebe tanzte ihm die Elfe immerzu durch seine Träume. Dies machte den Mann und die Elfe sehr glücklich.

Und wenn du einmal traurig bist, dann gehe doch auch dort hin. Sicherlich tanzt sie auch dir durch die Träume, und du wirst merken, welche Kraft die Liebe besitzt. Und wenn auch du ehrlich und aufrichtig lieben willst, dann denke immer daran, die Kinder der Liebe sagen niemals „IchWill".

Prinzessin Sandra

Jeder tut irgendetwas besonders gerne. Der eine isst gerne Lakritz, der andere schlägt gerne Purzelbäume und der nächste pfeift besonders gern auf zwei Fingern. Ja, und ich erzähle besonders gerne Geschichten. Doch manche Leute schütteln dann mit dem Kopf und sagen, die Dinge von denen ich erzähle, die gäbe es gar nicht. Dies sagen sie nur, weil meine Geschichten oft von Zauberern, von Feen und Elfen, von Traumprinzen und von Prinzessinnen handeln. Seht ihr, das dachte ich mir, nun müsst ihr mit dem Kopf schütteln, weil ihr nicht glauben könnt, dass es Leute mit so wenig Fantasie gibt. Natürlich ist jedem von euch schon einmal eine echte Märchenprinzessin oder ein Zauberer, eine Fee oder sogar eine ganze Gruppe Wichtelmänner begegnet und darum wisst ihr natürlich auch, dass es sie gibt. Ihr wisst dann natürlich auch, dass Zauberei eine ganz alltägliche Sache ist, ungefähr genauso alltäglich wie das Zähneputzen. Meine Mutter beispielsweise, die kann ganz hervorragend zaubern. Sie zaubert nicht nur ein leckeres Mittagessen, Pudding oder Kuchen, das kann ja fast jede Mutter und bei manchen kann es sogar der Vater. Dies ist zwar eine ganz nette Zauberei, aber meine Mutter kann sogar noch mehr. Sie kann Schmerzen wegzaubern. Ja, ihr habt schon richtig verstanden. Sie kann Schmerzen wegzaubern und das scheint auch nicht besonders schwierig zu sein. Also, es geht

84

so...! Halt, darf ich das überhaupt erzählen? Na klar, ihr glaubt ja an das Zaubern und darum kennt ihr euch ja sowieso in solchen Dingen aus, und die anderen können es auch mitbekommen, denn die glauben es ja doch nicht. Also, wenn ich mich mal irgendwo ganz feste gestoßen habe, nehmen wir mal an am Knie, und ich vor Schmerzen glaube nie wieder im Leben laufen zu können, dann kommt meine Mutter mit einem großen weißen Taschentuch. Ich glaube nicht, dass dies ein ganz gewöhnliches Taschentuch ist, sondern bestimmt ist es ein besonderes Zaubertaschentuch. Genauso wie es ja einen ganz gewöhnlichen Stock gibt und Stöcke, die aussehen wie ganz gewöhnliche Stöcke, die aber tatsächlich ein Zauberstab sind. So ist dies eben ein weißes Zaubertuch. Dieses Tuch legt sie dann über mein Knie, zuvor hat sie aber einige Male auf das Knie gepustet. Auf dieses schneeweiße Tuch legt sie dann immer ein großes tiefbraunes Stück Schokolade. Natürlich ist dies auch besondere Schokolade. Das kann man ganz einfach daran erkennen, dass immer, wenn ich ein weißes Kleidungsstück trage oder wenn ein weißes Tischtuch aufliegt und ich Schokolade esse, überall auf dem Weiß braune Schokoladenflecken sind, aber das Taschentuch auf meinem Knie merkwürdigerweise nie einen Fleck bekommt. Wenn das Stück Zauberschokolade auf dem Knie liegt, wird wieder einige Male gepustet, dann streichelt meine Mutter mir den Kopf, gibt mir einen Kuss auf die Wange und steckt mir das Schokoladenstückchen in den Mund, und, schwubsdiwupp, sind die Schmerzen verschwunden.

Ja, und nun glaubt ihr mir sicher auch, dass ich eine Prinzessin kenne. Sie heißt Alexandra, wohnt in der Bergstraße im Haus mit der Nummer 12 und dort im zweiten Stock. Ihr Vater ist der starke Bauarbeiter Herrmann. Er ist ein besonders wichtiger Bauarbeiter, denn er kann den Bagger mit der riesigen Schaufel fahren, der so groß ist, dass er nicht in das Wohnzimmer hineinpassen würde, wenn der Vater ihn mal mit nach Hause nehmen wollte. Aber das will er auch nicht. Aber manchmal, wenn ihr Vater in der Nähe zu tun hat, dann laufen die Kinder der ganzen Straße zu der Baustelle um ihren Vater, den Bauarbeiter Herrmann, mit seinem riesigen Bagger zu sehen und Sandra, so nennen ihre Freunde sie, geht dann natürlich mit und ist ganz stolz. Ihre Mutter ist von Beruf ihre Mutter. Das ist auch ein schwieriger und ganz besonders wichtiger Beruf, wie wir ja alle wissen. Ja, und Sandra ist, wie ich schon sagte, eine Prinzessin. Das wissen ihre Eltern aber nicht. Es kann aber auch sein, dass sie es wissen und nicht wollen, dass es jemand bemerkt weil sie sich mit ihrer Tochter, der Prinzessin Sandra, verstecken müssen, um nicht einer bösen Fee zu begegnen. Egal, was auch der Grund dafür sein mag, dass ihre Eltern sie wie ein ganz normales Mädchen behandeln, Sandra glaubt fest daran, dass sie eine Prinzessin ist, und wenn sie es glaubt, warum sollten wir es dann nicht auch glauben? Sie weiß natürlich, dass sich eine Prinzessin nicht so verhalten darf wie andere Kinder. Eine Prinzessin muss immer sauber, fein und ordentlich wie eine große Dame sein. Darum kämmt sie auch sehr häufig ihr langes lockiges Prinzessinnenhaar und schmückt es mit bunten Schleifchen, trägt gerne feine Kleidchen, immerzu weiße Söckchen und ihre Schuhe sind immer blitzblank, denn sie denkt, es könnten jederzeit die treuen Diener kommen, um sie auf das Schloss zu holen. Irgendein mutiger Prinz hat dann die böse Fee besiegt, so dass sie sich mit ihrer Familie nicht mehr zu verstecken braucht. Dann muss sie natürlich fein und darauf vorbereitet sein. Zumal sie fest daran glaubt, dass dieser mutige Prinz auf dem gleichen Flur wie sie wohnt. Genau gegenüber ihrer Haustür ist die Haustür zu seinem Reich. Dieser Prinz heißt Ingo und ist ihrer Meinung nach der mutigste auf der ganzen Welt. Wenn es irgendwen gibt, der eine böse Fee besiegen könnte, dann ist er es, denn er behauptet, er habe noch nie im Leben Angst gehabt. Das glaubt Sandra ihm und da er so mutig ist, glaubt sie auch, dass er ein Prinz ist, und wenn sie es glaubt, warum sollten wir es dann nicht auch glauben?

Obwohl Sandra zugeben muss, dass er sich überhaupt nicht so verhält, wie man es von einem jungen Prinzen erwarten würde. Er verhält sich eher wie ein Straßenkater, denn er läuft gerne auf Mauern entlang und klettert an alten knorrigen Bäumen hinauf. Überhaupt macht er gerne all das, wovon man schmutzige Hände bekommt. Selbst seine neuesten Hosen haben an den Knien immer Löcher und seine Haare kämmt er nur morgens nach dem Frühstück. Darum sieht er auch immer zerzaust aus. Ingo sagt, er hätte keine Zeit, sich öfter die Haare zu kämmen. Sich ständig die Hände zu waschen lohnt sich seiner Meinung nach auch nicht, denn die werden sowieso wieder ganz schnell schmutzig. Obwohl Ingo sich gar nicht wie ein Prinz verhält, hat Sandra ihn dennoch sehr lieb. Und er hat auch Sandra lieb, das merkt sie daran, dass er manchmal rot wird, wenn die beiden sich ansehen. Er gibt es nur nicht zu, aber das braucht er auch nicht, denn Sandra weiß es. Sie weiß auch, dass Ingo es mag, wenn sie so fein ist. Auch wenn er sie mit seinen schmutzigen Händen nicht anfassen darf!

Wenn die beiden miteinander spielen, dann turnt Ingo meist irgendwie herum und macht seine Späße. Er rutscht die Rutschbahn auf dem Bauch herunter, schaukelt im Stehen und springt ganz hoch oben vom Klettergerüst. Dies findet Sandra sehr mutig und es ist für sie der Beweis, dass Ingo ganz bestimmt ein Prinz ist. Sie sitzt meist brav in der Nähe, dort wo sie sich ihr Kleidchen nicht schmutzig machen kann und schaut ihm zu, wenn er ihr seine Kunststückchen vorführt. Dabei hat sie immer einen riesigen Spaß und muss immerzu lachen. Dem Ingo macht es Freude, wenn Sandra lacht und darum treibt er es oft immer wilder und immer verrückter. Bis Sandra irgendwann Angst bekommt, dass ihm bei dieser gefährlichen Tollerei doch einmal ein Unglück passieren könnte. Dann ermahnt sie ihn wie eine Erwachsene, er solle es lassen. Aber das kann Ingo gar nicht leiden und schimpft, man könnte gar nicht richtig mit ihr spielen. Dies macht Sandra dann sehr traurig.

An einem Tag, als Prinzessin Sandra den Prinzen Ingo wieder ermahnt hatte, da schimpfte Ingo und tat dennoch das, was er ihrer Meinung nach besser nicht tun sollte. Er tat es immer wieder und immer wieder, aber diesmal nicht um ihr eine Freude zu machen. Er selbst hatte auch keine Freude dabei, denn er tat es nur aus Trotz. Prinzessin Sandra war sehr traurig und befürchtete sehr, dies könnte nicht gut gehen. Da sie es nicht mehr mit ansehen konnte, schloss sie fest ihre Augen.

Nun sah sie glücklicherweise nichts mehr. Sie sah nur noch schwarz, aber dies nicht lange. Nach kurzer Zeit erblickte sie einen winzig kleinen, silbern leuchtenden Punkt. Sandra ging auf diesen Punkt zu, der größer und größer wurde. Nach und nach erkannte sie, dass es eine Tür aus feinstem Silber war. Die Lichtstrahlen spielten auf der Tür und es funkelte dabei herrlich. Sandra drehte den großen Knopf, der die Form eines lachenden Clowngesicht hatte und schob die Tür langsam auf. Zu klopfen brauchte sie nicht, denn eine so prächtige Tür ist sicherlich eine Tür, durch die nur Prinzessinnen hindurch dürfen, und sie war ja eine Prinzessin. Sie betrat einen großen vornehm geschmückten Saal. Auf dem Fußboden waren Bilder aus verschieden-farbigem Holz zu sehen. Alle zeigten sie munter spielende und lachende Kinder und brave Prinzessin-nen, die ihnen dabei zuschauten. An den Wänden hingen große, bunte, fein gewebte Teppiche. Auch auf ihnen waren brave Prinzessinnen zu sehen und Kinder, die spielten. Eine Zeit lang bestaunte Prinzessin Sandra diese vielen hübschen Bilder, dann erst bemerkte sie den großen Schreibtisch aus schwarzem Holz. Berge dicker Bücher waren auf diesem Tisch gestapelt, und sie waren so schwer, dass der Tisch von der schweren Last schon ganz schief und die Tischplatte durchgebogen war. Einige Bücher waren scheinbar herunter geplumpst und waren dabei aufgeschlagen. Sandra erkannte beim Näher kommen, dass in diesen Bücher keine Buchstaben waren, sondern nur Bilder. Es schienen, alles große, schwere Bilderbücher zu sein. Plötzlich bemerkte sie, dass irgendwer an diesem großen Schreibtisch saß. Man konnte ihn zwar hinter den Bücherstapeln nicht sehen, aber sie hörte, wie jemand in den Seiten blätterte und dann und wann unverständlich vor sich hinmurmelte. Gerade als sie damit anfangen wollte, sich zu fürchten, forderte diese zuvor so murmelige Stimme sie ganz lieb und mit ruhigem, sanften Ton auf, doch um den Tisch herumzugehen. Dabei wurde sie sogar höflichst und ehrfürchtig mit „Prinzessin Sandra" angesprochen. Nun war sie natürlich neugierig und wollte wissen, wer da an dem Schreibtisch saß, woher er sie kannte und woher er wusste, dass sie eine Prinzessin war. Also ging sie ohne zu zögern um den Tisch herum. Dort saß auf einem Holzstuhl mit hoher Lehne ein sehr alt und weise wirkender Herr mit langem grauen Haar, das ihm bis zu den Schultern hing, und einem sehr langen zotteligen Bart, aber mit hellwachen großen und freundlichen Augen. Der alte Weise fragte sie, was er nun diesmal für die Prinzessin tun könne. Dies fand Prinzessin Sandra sehr merkwürdig, denn sie war der Meinung, sie hätte diesen alten Herrn noch nie im Leben gesehen, und nun wollte sie natürlich von ihm wissen, woher er sie denn kennt. Da musste der Alte ein wenig schmunzeln, und er erzählte ihr, dass sie täglich, ja manchmal sogar mehrfach an einem Tag, zu ihm käme und immer wäre es das gleiche. Sie hätte immer wieder vergessen, dass sie schon einmal bei ihm war. Dies sollte sie aber nicht beunruhigen, betonte er, denn da wäre sie keine Ausnahme. Die Menschen würden ihn und ihre Träume meist schnell wieder vergessen. Doch da sie ja immer wieder zu ihm kommen, störe ihn dies nicht. Bestimmt sind die Träume dennoch für die Menschen wichtig und wenn sie sie auch schnell vergessen, so lernen sie doch vielleicht daraus, dachte er. Nun erklärte er ihr, wozu er all diese vielen dicken Bücher mit all den vielen Bildern brauchte. Daraus würde er die Träume machen, erzählte er, und die Bilder, das sind Bilder von allen möglichen Dingen, die die Menschen so in ihrem Leben sehen. Es sind schöne, es sind hässliche dabei und dann gibt es noch die, die er selbst zusammenbaut. Auf diese Bilder war er besonders stolz, denn es waren richtige Traumbilder. So konnte er Bilder von Tieren oder sonstigen Dingen machen, die es gar nicht gab. Beispielsweise einen Laubfrosch mit Schmetterlingsflügeln, oder ein Auto mit Beinen oder was man sich sonst so für verrückte Sachen ausdenken kann. Solche Bilder zu machen, das war ihm eine ganz besondere Freude und er schlug immer wieder ein anderes großes dickes Buch auf, um der Prinzessin Sandra einige davon, auf die er besonders stolz war, zu zeigen. Aus all diesen Bildern würde er die Träume machen. Träumen, so sagte er, das wäre wie zaubern. Man kann alles machen, alles verwandeln und blitzschnell überall hinreisen, sogar in Länder und Städte, die es gar nicht gibt. Eine solche

Zauberei wäre äußert praktisch betonte er, denn so kann man viele Dinge, die man sich im Leben wünscht, erst einmal ausprobieren. Wenn ein Junge sich wünscht, einmal ein Astronaut zu sein, dann kann er das im Traum erst einmal ausprobieren. Vielleicht gefällt es ihm ja doch nicht, und dann kann er lieber einen anderen Beruf lernen. Und nun fragte er die Prinzessin Sandra nochmals, was es denn diesmal für ein Traum sein dürfte, mit dem er ihr dienen könnte.

Nun musste sie an Prinz Ingo denken, daran, dass er so mutig ist und sie für ihn viel zu ängstlich, und daran, dass er deshalb manchmal zornig auf sie war. Dabei hatte sie ihn doch so lieb und er hatte sie doch auch lieb, das wusste sie genau. Sie beschloss, dass Ingo nie mehr ihretwegen zornig werden sollte und sie wünschte sich, die furchtlose Prinzessin Sandra zu sein, die keine Angst kennt. Nun kratzte sich der alte ratlos am Kopf, denn so etwas war wirklich selten. Er konnte sich nicht erinnern, dass irgendwer schon einmal davon geträumt hat, eine furchtlose Prinzessin zu sein. Prinzessinnenträume hatte er viele in seinen dicken Büchern, aber in allen waren die Prinzessinnen zart, sanft und vor allem ganz besonders ängstlich und darum riesig froh, dass endlich ein mutiger Prinz ihnen zur Hilfe kam, wenn es Schwierigkeiten mit Drachen, Hexen, bösen Zauberern und ähnlichen finsteren Wesen gab, mit denen sich eine liebliche Prinzessin tagtäglich so herumplagen muss. Niemals aber war eine Prinzessin dabei, die furchtlos war. Er überlegte, kratze sich wieder am Kopf, überlegte, zerzauste mit den Fingern den ohnehin schon sehr zotteligen Bart und überlegte weiter. Zwischendrin schaute er die Prinzessin Sandra ratlos an, und sie blickte mit enttäuschten Augen zurück. Er hatte doch gesagt, im Traum könne man alles machen und ausprobieren, und nun ging es anscheinend doch nicht. Sie glaubte fast schon nicht mehr daran, dass der alte Herr die passenden Traumbilder für sie hatte und wollte nach Hause gehen. Da sprang der Alte plötzlich mit einem Satz von seinem Stuhl, rieb sich die Hände, schmunzelte wieder und meinte, dass er wohl doch etwas für sie hätte. Er klatschte in die Hände, und die großen Wandteppiche öffneten sich wie ein Theatervorhang und dahinter kamen riesige Regale zum Vorschein, die alle mit dicken Büchern voll gepackt waren. Sandra blickte an den Regalen hoch und dabei wurde ihr fast schwindelig, denn nach oben schienen die Regale nicht enden zu wollen. Nun erst bemerkte sie, dass der mit funkelnden Sternen bedeckte Nachthimmel die Zimmerdecke war. Die Bücherregale reichten bis in den Himmel hinauf. Während Sandra vor Staunen den Mund nicht mehr zu bekam, hatte der alte Herr von irgendwo schon eine riesige Leiter geholt, die bis zu den Bücher ganz oben reichte, und flink wie ein Wiesel und gar nicht wie ein alter Mann huschte er die Leiter hinauf und schnell wie ein Blitz wieder hinunter. Unter dem Arm hielt er ein besonders dickes Buch. Er erklärte ihr, er habe es ganz nach oben gepackt, weil er glaubte, er würde es doch nicht brauchen, denn in diesem Buch waren all die verkehrten Träume. Das waren Träume, in denen er vor lauter Zerstreutheit manchmal Dinge vertauscht oder verdreht hatte. Das war manchmal sehr witzig, fand er, und darum hatte er sie nur so zum Spaß aufbewahrt. Es waren wirklich komische Bilder darin. Ein dicker großer Fisch saß in einem Boot und zog an einem Netz, in dem mehrere Fischer zappelten. Natürlich war dieser Traum für einen Fischer gedacht, der träumen wollte, ihm würde mal ein ganz großer Fisch ins Netz gehen. Dann gab es ein Bild auf dem ein Baby einen Kinderwagen schob, in dem seine Eltern saßen. Dies sollte natürlich ein Traum für eine Frau werden, die sich ein Baby wünschte. Eine alte Dame wollte träumen, ihr großer Kater würde endlich die lästigen Mäuse aus ihrem Haus vertreiben. Auf dem Bild sah man aber eine winzige Maus, die einen großen fetten Kater auf einem Baum jagte. In seiner Zerstreutheit hatte der alte Herr all diese Dinge verwechselt. Der alte Mann blätterte, suchte, suchte und blätterte. Dabei schaute ihm Prinzessin Sandra zu und manchmal musste sie über die witzigen Bilder sogar lachen. Dann endlich hatte er sie gefunden, die Bilder die Sandra brauchte, um zu träumen, sie sei eine furchtlose Prinzessin. Er gab ihr nicht ohne Stolz das Buch und sie setzte sich damit an den großen Schreibtisch. Lange sah sie sich das erste Bild ihres Traumes an, zögerte noch ein wenig, doch dann sagte sie sich, es kann mir ja nichts passieren, es ist ja nur ein Traum.

Das Bild zeigte einen tief verschneiten, dichten Tannenwald. Die Last des Schnees bog die Zweige weit nach unten. Obwohl Prinzessin Sandra noch nicht sehr groß war, konnte sie nur gebückt zwischen den Bäumen hergehen. Manchmal berührte sie dabei

94

einen der Tannenzweige, und wie eine kleine Lawine rutschte ihr dann der ganze Schnee in den Nacken und auf den Rücken. Prinzessin Sandra hatte nur ihr feines, dünnes Prinzessinnenkleid an und musste fürchterlich frieren. Doch sie biss die Zähne zusammen, denn zum Jammern war keine Zeit. Prinz Ingo war in höchster Gefahr und wem außer ihr, der furchtlosen Prinzessin Sandra, könnte es sonst gelingen, ihn zu retten? Darum machte sie sich auch gleich ohne zu zögern auf den Weg, als ihr die Boten berichteten, Prinz Ingo würde von einer bösen Fee gefangen gehalten. Keiner ihrer sonst so treuen Diener hatte den Mut gehabt, mit ihr zu gehen. Alle fürchteten sie sich zu sehr vor der bösen Fee. Doch Prinzessin Sandra kannte keine Angst. Um keine Zeit zu verlieren, zog sie sich keine wärmeren und für ein solches Abenteuer praktischeren Sachen an. Der Gedanke an Prinz Ingo, der nun dringend ihre Hilfe brauchte, ließ sie Schnee und Kälte vergessen. Endlich war das erste schwere Stück geschafft. Noch einmal schob sie einen Tannenzweig zur Seite und noch einmal rutsche ihr eine kleine Lawine in den Nacken, aber das merkte sie nun schon fast nicht mehr. Vor ihr lag der große gefürchtete Eissee. Der See war deshalb so gefährlich, weil tief auf dem Grund ein Drache lebte. Er stand mit der Fee im Bunde. Eigentlich war der See immer zugefroren. Doch wenn der Drache bemerkte, dass jemand das dicke Eis betrat, dann spuckte er von unten Feuer gegen das Eis und sofort schmolz es, wurde hauchdünn und zerbrach in viele kleine Stücke. Derjenige, der das Eis betreten hatte, saß in der Falle.

Kaum war er ins Wasser geplumpst, spuckte der Drache kein Feuer mehr und der unvorstellbar kalte Wind, der immer über den Eissee blies, ließ diesen sofort wieder zufrieren. Auf diese Art und Weise wurden schon viele mutige Helden vom Drachen gefangen. Aus der Mitte des Sees ragte ein hoher Felsen wie ein Leuchtturm bis in den Himmel hinauf. Oben auf diesen Felsen hielt die Fee Prinz Ingo gefangen. Prinzessin Sandra stand nun am Ufer dieses so gefürchteten Sees und fand, dass er eigentlich einen eher friedlichen Eindruck machte. Das Eis schien sehr dick zu sein und der Weg bis zu dem Felsen war gar nicht so weit. Der Drache wird bei einer so dicken Eisschicht schon ganz schön viel Feuer spucken müssen, bevor es taut, dachte sie. Bis dahin bin ich schon längst am Felsen angekommen. Denn sie war ja nicht nur sehr mutig, sondern auch sehr flink. Die anderen, die bisher in den See geplumpst waren, hatten ihrer Meinung nach wohl getrödelt, weil sie Angst hatten, sie würden auf dem Eis ausrutschen. Doch sie wollte sich ihre blitzblanken Schuhe ausziehen und auf ihren schneeweißen Söckchen wie auf Schlittschuhen zu den Felsen hinüberfahren. Sie würde so schnell wie der Blitz sein und der Drache würde sie bestimmt überhaupt nicht bemerken. Da die Prinzessin keine Angst kannte, zögerte sie auch nie lange. Sie beschloss, nicht mehr lange hin und her zu überlegen, denn damit würde sie nur zu viel Zeit verlieren. Sie zog ihre Schühchen aus und sprang mit einem großen Satz auf das Eis des Sees. Sie war eine hervorragende Schlittschuhläuferin. Mit hohem Tempo glitt sie auf dem Eis entlang. Doch obwohl sie so schnell war, schien es ihr, als käme sie keinen Meter näher an den hohen Felsen heran. Sie bemühte sich, noch mehr Tempo zuzulegen, doch es schien ihr so, als käme sich nicht von der Stelle. Aber als sie sich umsah, bemerkte sie, dass sie schon sehr, sehr weit auf den Eissee hinausgefahren war. Die Bäume des verschneiten Tannenwaldes waren fast nicht mehr zu erkennen, das Ufer kaum noch zu sehen. Ihr wurde klar, da war böse Hexerei im Spiel. Doch sie fürchtete sie keine Sekunde lang. Es gab nun kein zurück, sie musste fahren, so schnell sie konnte und den Felsen erreichen, bevor der Drache das Eis zum Schmelzen brachte, denn wenn sie verloren wäre, dann gäbe es auch für Prinz Ingo keine Rettung mehr. Plötzlich bemerkte sie, wie die Farbe des Eises sich änderte. Es schien dünner und dünner zu werden, dann bekam es die ersten Risse, bald schon waren es nur noch wenige kleine Eisschollen, die auf dem See schwammen. Auf einer davon balancierte die furchtlose Prinzessin Sandra auf einem Bein, denn größer war das Stückchen Eis nicht mehr. Der Felsen, das Ufer, beide waren unerreichbar weit fort. Prinzessin Sandra fürchtete sich immer noch nicht. Mit dem Drachen da unten, so dachte sie, werde ich schon fertig. Aber dass niemand mehr da war, der nun den Prinzen Ingo retten könnte, wenn sie in Zukunft am Grund des Sees lebte, dass machte sie traurig. Winzig kleine Tränen, die man kaum sehen konnte, weinte sie nun. Aber ganz kleine Tränen, das war auch bei furchtlosen Prinzessinnen erlaubt. Nun konnte sie das Gleichgewicht nicht mehr halten. Das

Eisstückchen, auf dem sie stand, war zu klein geworden, und sie plumpste ins eiskalte Wasser. Der Drache schien nun kein Feuer mehr zu spucken. Sofort schloss sich die Eisdecke des Sees wieder. Prinzessin Sandra versuchte das Eis zu erreichen, aber es war die gleiche Hexerei wie zuvor. Egal wie schnell sie auch schwamm, das Eis blieb unerreichbar weit. Nun war sie verloren. Irgendwann würde sie keine Kraft mehr haben und im eisigen Wasser versinken und in diesem Augenblick würde sich die Eisdecke für immer über sie schließen.

Doch als die Eiseskälte ihre Glieder schon fast steif gefroren hatte und sie sich kaum noch bewegen konnte, da sah sie am Himmel einen silbernen Schwan. Er flog auf sie zu und rief dabei ständig, sie solle nicht aufgeben. Dann flog er ganz dicht über Prinzessin Sandra hinweg, und mit letzter Kraft griff sie nach seinen Beinen. Der Schwan zog Prinzessin Sandra aus dem Wasser und in diesem Augenblick war der See auch schon wieder zugefroren. Es schien dem Schwan keine Mühe zu bereiten, Prinzessin Sandra in die Lüfte zu erheben. Mit wenigen Schlägen trugen seine Schwingen sie über den großen Eissee hinweg und an das sichere Ufer. Dort kannte der Schwan einen kleinen, schneefreien Unterschlupf an der Uferböschung. Dort legte er die völlig erschöpfte und fast erfrorene Prinzessin Sandra unter einem seiner großen Flügel, damit sie wieder warm wurde.

Die Prinzessin schlief vor Erschöpfung ein. Es dauerte eine ganze Weile bis die Kräfte in ihren fast schon leblosen Körper zurückkehrten, so dass der Schwan sich schon große Sorgen machte.

Doch kaum hatte die Prinzessin die Augen wieder geöffnet, da wollte sie sofort aufspringen und loslaufen, um den Prinzen Ingo zu retten. Doch der Silberschwan hielt sie mit seinen kräftigen Flügeln zurück und ermahnte sie zur Ruhe. Sie sei zwar sehr mutig, erklärte er ihr, aber besonders klug sei es nicht von ihr, einfach auf den Eissee hinaus zu laufen. Prinzessin Sandra war anfangs ein wenig zornig, denn sie fand, der Schwan war ziemlich frech zu ihr, denn sie war ja eine Prinzessin, und da war sie etwas mehr Höflichkeit gewohnt. Dann dachte sie aber daran, dass der Schwan sie gerettet hatte und darum schwieg sie und hörte ihm weiter zu. Er sagte ihr, er hätte schon unzählige Male versucht Mutige, die den Eissee betreten hatten, zu retten, aber nie sei es ihm gelungen. Es waren meist große kräftige Burschen, manche hatten eine schwere Rüstung aus Eisen an und alle waren sie für ihn zu schwer, so dass er nicht die Kraft hatte, sie aus dem Wasser zu ziehen. Sie sei glücklicherweise aber eine kleine, zierliche Person und hätte ja nur ihr leichtes Kleidchen an und darum wäre es diesmal für den Schwan keine Schwierigkeit gewesen, sie sicher an Land zu bringen. Wenn sie aber wirklich Prinz Ingo befreien wollte, ermahnte der Silberschwan sie, dann müsse sie nicht nur furchtlos sein, sondern auch mit viel Klugheit vorgehen. Selbst wenn sie den Felsen erreicht hätte, gab er zu bedenken, hätte sie doch nicht daran hochklettern können, dafür sei er viel zu steil. Oben auf dem Felsen, erklärte er ihr weiter, würde Prinz

Ingo von einer Meute gefährlicher Hunde bewacht, die ebenso furchtlos seien wie die Prinzessin selbst. Die müsse sie auch überlisten Die Prinzessin sah nun ein, es war gar nicht so einfach den Prinzen Ingo zu befreien. Es genügte nicht nur eine Prinzessin zu sein die keine Angst kannte, sie musste auch sehr klug sein. Aber das war sie glücklicherweise auch. Sie beschloss nun, nicht einfach Hals über Kopf loszulaufen, sondern sie wollte erst einen genauen Plan machen, und der Schwan half ihr dabei. Lange Zeit beratschlagten sie. Es musste sein, wenn die Zeit auch drängte, denn niemand wusste, ob nicht jeden Augenblick die böse Fee erscheinen könnte. Doch so heissahopssassa war hier nichts zu machen. Doch als ein guter Plan fertig war, der auch ganz bestimmt nicht schief gehen konnte, da beeilten sie sich. Schnell schwang sich Prinzessin Sandra auf den Rücken des Silberschwans, und er brachte sie hoch hinauf auf den Felsen, auf dem Prinz Ingo saß und auf Rettung wartete. Doch dort wollte der Schwan nicht landen. Zu stark war seine Furcht vor den großen, bösen Hunden und darum kreiste er in sicherer Höhe über ihre Köpfe hinweg. Prinzessin Sandra hatte aus ihrem Kleidchen etwas Ähnliches wie einen Fallschirm gebaut. An einer Kante des Felsens, dicht beim Schwindel erregenden Abgrund, sprang die furchtlose Prinzessin ab und landete mit Hilfe ihres Fallschirms sanft. Die Hunde sahen sie und liefen sofort auf sie zu. Dabei heulten und bellten sie Furcht einflößend und Prinzessin Sandra konnte ihre großen Mäuler und ihre scharfen Zähne sehen. Prinz Ingo saß gefesselt an einen großen Stein gelehnt und konnte nichts tun als mit anzusehen, was nun geschah. Prinzessin Sandra kannte keine Angst. Sie schnitt den Hunden Grimassen und streckte ihnen die Zunge raus, zeigte ihnen den Vogel und eine lange Nase. Eigentlich sind dies alles Dinge, die eine Prinzessin nicht tun sollte. Doch sie tat es, um die Hunde noch wilder, jähzorniger und wütender zu machen. Als die Hunde ganz dicht bei ihr waren und fast schon zubeißen wollten, da musste Prinz Ingo voll Schrecken mit ansehen, wie Prinzessin Sandra einfach in den Abgrund hinunter sprang. Die Meute Hunde kannte keine Furcht, und da sie blind vor Wut und Jähzorn auf die Prinzessin waren, sprangen sie einfach hinterher, und als sie merkten, dass sie in die Tiefe stürzten, jaulten sie fürchterlich. Prinzessin Sandra schwebte jedoch an ihrem Fallschirm- kleidchen. Nun kam der Schwan wieder zu rück, fing Prinzessin Sandra noch in der Luft auf und brachte sie sicher auf den Felsen zurück. Ihr könnt Euch vorstellen, wie glücklich Prinz Ingo war, als er sah, dass ihr nichts geschehen war. Sofort wurde er von den Fesseln befreit.

Die Hunde hatten aber ebenfalls Glück. Der Drache hörte ihr Jaulen und er schmolz schnell das Eis auf den See, so dass sie ins Wasser plumpsten. Doch sie hatten einen solchen Schrecken, dass sie sich lange Zeit nur in irgendwelchen Ecken verkrochen, und bellen und jaulen konnten sie auch nicht mehr, denn von dem Eiswasser hatten sie einen gehörigen Schnupfen bekommen und darum waren sie lange Zeit heiser.

Der Schwan nahm nun Prinzessin Sandra und Prinz Ingo auf den Rücken und brachte sie zum Ufer zurück. Der Schwan erklärte ihnen aber, dass er keine Zeit mehr habe, am Ufer zu landen, denn er sei nur ein Traumwesen, und da der Traum gleich zu Ende sei, müsse er sehen, dass er schnell wieder tief ins Reich der Träume zurück flöge, denn dort war sein zu Hause. Ganz flach flog er über das Ufer des Sees und die beiden sprangen mit einem Satz von seinem Rücken.

Plötzlich saßen die beiden im Sandkasten. Sie waren wohl gemeinsam vom großen Klettergerüst herunter gesprungen. Ingo strahlte Sandra an und sagte ihr, man könnte ganz toll mit ihr spielen. Und dann fragte er sie, ob sie denn dabei keine Angst gehabt habe. Sie musste natürlich zugeben, dass sie sich doch manchmal etwas gefürchtet hätte. Dann musste Ingo versprechen, ihr eine Frage zu beantworten und dabei musste er ganz ehrlich sein und ihr dabei tief in die Augen sehen. Ingo versprach es ihr und dann fragte Sandra ihn, ob er wirklich noch nie im Leben Angst gehabt hätte.

Da wurde Ingo wieder rot, denn er sah ihr ja in die Augen, und dann gab er zu, manchmal auch ein ganz kleines bisschen Angst zu haben. Sandra war ihm nicht böse, denn sie hatte ihn ja lieb und darum nahm sie ihn einfach in den Arm und er nahm sie in den Arm. Dabei dachte sie sich, wenn er manchmal Angst hat, dann ist er vielleicht doch kein Prinz. Nun bemerkte sie, dass ihr Kleid völlig zerzaust und schmutzig war. Ihre feinen Schühchen lagen im Sand und sie hatte nur noch ihre Strümpfe, die nun nicht mehr besonders weiß waren, an den Füßen. Ihr kam der Gedanke, sie sei vielleicht auch keine Prinzessin, aber diesen Gedanken fand sie eigentlich gar nicht schlimm, denn dann würden sie wenigstens zusammenpassen.

Und auch wenn die beiden nun vielleicht doch nicht Prinz und Prinzessin sind, so hoffe ich, dass Euch die Geschichte dennoch gefallen hat, denn es ist die Geschichte einer ganz tollen Freundschaft. Und wenn die Geschichte hier auch zu Ende ist, so hielt die Freundschaft noch bis zum heutigen Tag und sie hält wohl auch noch lange, lange darüber hinaus.

Die Seiltänzerin

Vor gar nicht allzu langer Zeit zog einmal ein Wanderzirkus durch einen Ort, der hier ganz in der Nähe liegt. Überall wurden bunte Plakate angeklebt. Neugierig bestaunten die Leute die Plakate und konnten es kaum erwarten, dass bald das große farbenfrohe Zirkuszelt aufgebaut würde.

In dieser Stadt lebte ein kleiner, glatzköpfiger, rundlicher Mann, allein mit seinem guten Herzen in einem kleinen Zimmer unter dem Dach. Auch der kleine, runde Mann sah die vielen bunten Plakate, aber als er sie sah, da geschah etwas so sonderbares in ihm, das er nicht beschreiben konnte. Ein starkes, warmes Gefühl strömte durch seinen Körper, erfüllte sein Herz und ihm war, als wenn der Alltag mit einem Mal davongeflogen wäre, so leicht und so schön erschien ihm alles. Er stand nun vor einem solchen Plakat und konnte den Blick davon nicht lösen. Er stand einfach nur da und träumte, ohne einen Gedanken daran, was andere von ihm wohl halten würden, wenn er einfach so dastand.

Auf dem Plakat war das Bild einer Seiltänzerin zu sehen, die anmutig schön auf einem Seil balancierte. Ihr hübsches, zartes Gesicht lächelte den kleinen, runden Mann an und er lächelte verträumt zurück und irgendwie war ihm, als würde er in den Augen der Seiltänzerin etwas sehen, das ihm sagte: Du ich mag dich.

Sicherlich nur eine Einbildung, ein Traum, dachte der Mann, aber dennoch schön. Er beschloss also, in den Zirkus zu gehen, denn nur allzu gerne würde er die zauberhafte Seiltänzerin sehen. Ganz fein machte er sich, fühlte sich wieder jugendlich jung, und erst als er seinen Haare gepflegt zurecht kämmen wollte, bemerkte er wieder, dass er schon lange eine Glatze hatte. Dennoch hoffte er, sie würde ihn vielleicht einmal ansehen, einmal mit diesem Blick, der ihm sagte: Ich mag dich.

Vor dem Zirkuszelt drängelten sich die Menschen, und eine nicht enden wollende Riesenschlange reckte sich vom winzigen Kassenhäuschen über den großen Platz bis auf die Straße. Geduldig reihte sich der kleine Mann ein und wurde ein Teil des großen Schlangenwesens, das so nach und nach vom Zirkuszelt verschluckt wurde. Am Eingang des Zeltes stand der Zirkusdirektor. Ein eigenartig wirkender Mann, mit schwarzem Frack, hohem Zylinder und einem gezwirbelten Schnurrbart, dessen Enden ihn schon fast wieder in den Ohren kitzelten. Der Direktor sah sich jeden Besucher ganz genau an und dann entschied er, wohin sich die Leute zu setzen hatten. Die einen gingen zu den Plätzen auf der rechten Seite, die anderen auf die linke Seite. Den kleinen, dicken Mann aber schaute der Zirkusdirektor lange von oben bis unten an. Er starrte ihm in die Augen, so dass dem Mann ganz bang wurde. Irgendwie schien der Direktor nicht zu wissen, ob er ihn auf die rechte oder die linke Seite schicken sollte. Doch dann zeigte er auf den Vorhang, durch den die Artisten in das Zelt kommen würden. Ein kleiner Stuhl stand dort, und so kam es, dass der kleine, runde Mann nicht links oder rechts, sondern genau in der Mitte saß und dort saß er ganz allein. Nun erst bemerkte der rundliche Mann, dass der Zirkusdirektor die Menschen nach einer besonderen Art und Weise auf die Plätze verteilte. Auf der einen saßen die sensationsgierigen Menschen. Diese Menschen hofften im Stillen, dass während der Vorstellung irgend etwas sensationell Grausames passierte, sie hofften, dass vielleicht ein Dompteur von einem Löwen gefressen oder einem Elefanten zertreten werden könnte, oder sogar, dass die feine Tänzerin mit markerschütterndem Schrei vom Seil stürzen würde. Auf der anderen Seite saßen die Menschen, die bangten, es möge nur alles gut gehen. Ihre Fantasiebilder waren jedoch die gleichen wie die von den Zuschauern auf der anderen Seite, nur dachten sie, hoffentlich geht es gut, und die andren dachten, hoffentlich geschieht irgendwas. All dies wurde dem kleinen, runden Mann nun klar, als er so da saß und auf den Beginn der Vorstellung wartete. Und nun bemerkte er auch das Seil an der Zeltkuppel. Auf diesem Seil dort oben würde sie tanzen, seine Traumfrau, die ihn vom Plakat aus so lieb angeschaut hatte. Genau mitten zwischen diesem Hoffen und Bangen wird sie balancieren. Ihm wurde ganz wirr im Kopf, denn er versuchte zu erkennen, was gut und was böse ist. Ist Hoffen grundsätzlich gut und Bangen grundsätzlich böse? Ihm schien plötzlich, als könnte man die Seiten vertauschen. Ist Bangen grundsätzlich gut, ist Hoffen grundsätzlich böse? Und warum saß er in der Mitte? Und während er noch darüber nachdachte, da wusste sein Herz es schon längst.

Die Veranstaltung flog nur so an ihm vorbei, er war wie in Trance und als endlich die Tänzerin über das Seil schwebte, da hoffte er natürlich nicht, sie würde abstürzen, er bangte aber auch nicht sie könnte stürzen. Er wusste, es würde gut gehen, denn ihm war klar, dass sie schweben kann und er hatte Vertrauen in sie. Er wusste, sie kann es, und wenn er hoffte, dann nur auf ihren Blick. Doch sie bemerkte ihn nicht, weder als sie ins Zelt kam, noch als sie auf dem Seil war und auch nicht, als sie wieder ging.

Ein wenig wehmütig saß er nun da, hatte gar nicht bemerkt, wie alle anderen das Zelt schon verlassen hatten und starrte ins Leere. Da kam eine junge Frau herein um aufzuräumen. Sie sammelte Papier und Pappbecher ein und fegte verlorenes Popcorn zusammen.

„Möchten Sie nicht nach Hause, guter Mann?", fragte sie. Dabei blickte sie ihn an. Und nun erkannte der kleine, kahlköpfige Mann sie wieder, es waren diese schönen Augen, die er vom Plakat her kannte, die ihn anblickten. Und irgendwie war ihr auch, als hätte sie schon einmal, vor nicht allzu langer Zeit, in diese Augen gesehen, die ihr so freundlich und glücklich entgegenleuchteten. Sie nahm sich einen Stuhl, setzte sich neben dem kleinen Mann und die beiden sprachen miteinander. Da war der kleine Mann sehr, sehr glücklich. Er wollte gerne von ihr wissen, warum sie das macht, diesen täglichen Seiltanz zwischen dem Guten und dem Bösen, dem Hoffen und dem Bangen. Darauf antwortete sie nur, dies sei nun einmal ihr Weg.

Dem kleinen Mann wurde nun klar, im Leben ist es wie im Zirkus, wir haben viele Aufgaben, manche sind groß und manche sind scheinbar unbedeutend. Ihm wurde aber auch klar, das Leben ist auch immer wieder ein Seiltanz zwischen Gut und Böse, und wir wissen oft nicht einmal, was sich auf welcher Seite befindet. Wir wissen aber, am anderen Ende des Seils ist ein fester Ankerpunkt, eine Plattform, ein Halt, an dem wir uns ausruhen und uns sicher fühlen können. Nun schaute die Tänzerin dem kleinen, runden Mann tief in die Augen und bedankte sich mit einem Blick, der deutlich sagte, du ich mag dich, dafür, dass du in der Mitte gesessen hast, denn dadurch hast du mir Halt gegeben. Nun erst bemerkte der Mann, dass ein Ende des Seils an seinem Stuhl befestigt war und wäre er aufgestanden, dann wäre sie in die Tiefe gestürzt.